星神魔女

-碎裂*友情的傷痕-

- Counting on Love 07 -

淚君兒

皇甫世家大小姐。
個性認真堅強，有些固執，
決定目標就永不放棄，夢想是能夠自主人生，
卻隨著年紀增長與命運不可違逆的軌跡而踏上
解開身世之謎的旅程。
「以靈魂宣示，總有一天，我要靠自己的力量，
走出這個華麗的牢籠！」

戰天穹

皇甫君兒的保鑣。
因為族人的託孤，以及自身的詛咒，他應徵保鑣，
進入皇甫世家，找出君兒身上的秘密。
「這究竟是巧合，還是命運的安排？
為什麼擁有『星星之眼』的存在會是你託付的對象？」

蘇媚
「魅神妲己」，人類守護神之一。
九天醉媚領導人。
個性妖媚的女人，喜好玩弄他人於股掌間，
必要時連自己組織的成員都可以犧牲。
巫賢
別稱：白金魔神。
舊西元時期創造符紋的瘋狂科學家。
上古巫族的最後一代傳人。
標準的妻奴兼女兒控。
「我的夢想就是──有一天能親手把女兒的丈夫給殺了！」

目錄
INDEX

身處遙遠未來的我啊，那時的你是如何的模樣呢？
會否是像我祈禱的那般，充滿力量又優雅驕傲呢？
想必你已通過了苦痛與心酸，勇敢的跨越阻礙與困難，邁向了未來。

身處遙遠未來的我啊，不曉得你是否能聽見此時，來自於過去自己的請求？
現在的我，沒有能夠通往未來的勇氣，我承認我懦弱、我無能為力，
可我需要力量，前進未來。

身處遙遠未來的我啊，我向你請求來自於未來的力量，
將那份遙久之後的強大，寄託於此時此刻，
此時的我有必須去做出的選擇、有想要保護的存在，
我願燃燒我們的未來，為現世、為此時、為這個當下的我，
換取來自於遙久之刻的力量！

Chapter 127

懷疑滋養了決裂

靜刃一臉冷漠的看著眼前再一次被精靈女神占據身體的「阿蘭妮絲」，眼神如冰。他隨手甩開了那柔若無骨的身子，惹得精靈女神臉上幽怨與氣惱的情緒交錯。

「離我遠點。」靜刃冷酷的警告出聲，彷如將那族群人人敬仰的神靈當成了擾人的蒼蠅，恨不得她立即離開自己的視線。

儘管精靈女神用的是他熟悉之人的身體，但終究是個不一樣的靈魂。

精靈女神心中閃過一絲恨意，隨後狀似不經意的問起了靜刃身上的傷。

「親愛的精靈王，你被那位女性人類守護神打傷的傷好點沒有？」她傲慢的說著，語氣中卻不難聽出她暗藏的關心之情。只是隨後，精靈女神又語帶醋意的問道：「聽聞那位女性守護神擁有號稱人類最美的姿容……真的是這樣嗎？她有比我美麗嗎？」

對於精靈女神突來的妒意，靜刃不苟言笑的答道：「這與妳無關。」他根本不想理會她的提問，而至於那位「魅神妲己」的容貌，確實稱得上是絕色，但沒辦法讓他心動，不過也只是一具皮囊而已。

他當時與那位「魅神妲己」還有些實力差距，與之短兵交接時受了暗傷，但這並不妨礙他順利脫離戰場，卻也多少讓他明白了一般人類和守護神實力的差距。他那時受到的暗傷早就痊癒了，而且實力也更進一步，此時若再對上那位「魅神妲己」，誰勝誰負還說不一定。

靜刃冷淡的語詞讓精靈女神黛眉一皺，對他這樣疏離的言詞很是不悅。

精靈女神想到了靜刃面對這個傀儡身體的本來意識總是比面對她時溫柔，內心不由得再次泛起醋意與不被重視的氣惱。只是心裡雖醋意橫生，她嘴邊卻還是彎起了一抹類似阿蘭妮絲的溫柔笑容，模仿阿蘭妮絲曾對靜刃說過的擔憂語調，說道：「刃，別這樣，我是在擔心你。」連腔調都模仿的維妙維俏。

然而，靜刃無情的掃過她一眼，冷笑出聲：「不要裝出這副噁心德行，阿蘭妮絲才不會像妳那麼虛偽。」

精靈女神臉上的甜笑一滯，隨後面露猙獰的吼道：「虛偽？我哪裡虛偽了！這個身體是我製造出來的傀儡，阿蘭妮絲也只是個傀儡意識，為什麼你只對她溫柔，對我就這樣冷漠？」

「因為阿蘭妮絲比妳真實多了。」靜刃在提起阿蘭妮絲時刻意放柔了語調，強調自己對阿蘭妮絲的好感居多。「至少，她對我的感情是出自於真心；而妳只是在利用我這位精靈王與生俱來對族群的天生權能，好協助妳更能獲得族人的支持與聲望。對妳而言，我不過只是妳的工具而已，可阿蘭妮絲卻比妳誠摯許多，至少她對我的感情無比真實。」

精靈女神聞言，頓時氣惱。她最恨靜刃拿她和區區一個傀儡做比較，尤其這傀儡還勝過她！阿蘭妮絲不過就只是一個傀儡而已！

「我不是給你足夠的權限，讓你可以調動族人配合你的行動嗎？我還特別替你蓋了屬於精靈王的宮殿，停止對精靈母樹的砍伐與對自然的破壞，更為了你改變了那麼多的舊有規矩，這樣還不夠嗎？還要我怎樣做，你才會對我好一點！」

此時的精靈女神就像一個得不到愛情的女人，神情悲憤猙獰。

靜刃面無表情，卻是語出尖銳，將精靈女神擊得體無完膚。

「這些不都是屬於交易內容的事情嗎？不要將那些妳本來就應該做到的事情說成犧牲奉獻，甚至要我感謝妳。記住，妳曾對著妳自己的神格許諾，我們的交易是對等的，我們都需要付出，這些事情都是妳必須實行的工作，並不是額外的。而我們的交易裡頭可是提到了我仍保有人格的自主權，所以妳不能強迫我更改對妳的態度，但妳該做的事情妳還是得做到。」

精靈女神心中充滿了恨意，卻不是針對靜刃，而是針對這具傀儡之身。她看了看自己的雙手，或者說是這具身體的雙手，語出仇恨的說道：「我竟然……比不上一具傀儡！」她緊握雙拳，任由指甲扎疼了手心。

隨後，精靈女神傲慢又輕佻的走向了靜刃，然後抱住了靜刃，兩人的身體緊貼得沒有一絲縫隙。靜刃看了她一眼後，就想揮手甩開她，卻發現自已被精靈女神運用神力限制住了行動，這讓他只能用眼神警告著這位不知檢點的神靈。

看著在自己神力底下無能反抗的靜刃，精靈女神彷彿為自已的勝利發出了嬌媚的笑聲，靠在他的耳邊曖昧的吹了口氣。靜刃尖耳一抽，冰冷的眼神染上了怒氣。

精靈女神隨後警告出聲：「我親愛的精靈王，無論如何你還是屬於我的，當你背離族群來到我身邊那時，你就是屬於我的人了！你不要妄想能從我身邊逃開，或者是追求我不允許你得到的東西！你現在不過只是我囚禁在身邊的鳥兒而已，靈魂分裂為二的你，可沒有過去精靈王般的能力，能夠完全壓制得了我哦！要知道，現在的你身處在我的地盤之中，你能擁有什麼、不能擁有什麼，可是全由我來作主的唷……呵呵。」

語畢，精靈女神瞬間離開了這具身體，壓制靜刃的神力也瞬間消失。

失去控制的身體就這樣軟倒靠向了靜刃，而原本因為身體被侵占，意識陷入昏迷的阿蘭妮絲也正逐漸轉醒。

此時，靜刃見到阿蘭妮絲朦朧的目光逐漸清晰，嘴邊竟揚起一抹詭詐笑容，然而那抹笑僅僅只出現了瞬間，接著他突然張口吼出了怒喝語詞來。

「夠了，泰瑞娜絲！我警告妳，不要再用阿蘭妮絲的身體勾引我了，我是不會動心的，因為這具身體裡裝著的不是我愛著的她，而是妳這個令我厭惡的神靈！就算妳是神靈，也無法主宰我的內心，離我遠點！」

靜刃順手將還沒完全回神的阿蘭妮絲推了出去。

他前後的態度轉變之大，怕是連離開阿蘭妮絲後瞬間回到自己神殿中的精靈女神也無法預料。身為王，虛偽與假裝、掩飾與謊言是必須掌握的能力。這樣才不會被人一眼所看透。這點恐怕就連靈風也始料未及，是他不曾見過的雙生兄長黑暗的另一面。

靜刃的這聲怒吼以及隨後的倒地感，讓精靈女神才剛剛離開身體，意識還有些模糊朦朧的阿蘭妮絲悚然一驚，瞬間清醒了過來。她略微晃了晃還有些昏沉的腦袋，注意到自己摔到了草地上，然而當她抬頭看著靜刃總是冷靜的臉龐上此時竟浮現了罕見的憤怒，忽然明白怕是精靈女神又用她的身體惹靜刃生氣了。

靜刃一直是個很冷靜，從來不會明確表達自己憤怒的人，由此可見，精靈女神這一次讓靜刃有多麼生氣。而一聽靜刃先前吼出的內容，阿蘭妮絲內心更是一沉。

「刃……」她語氣忐忑的輕喚著眼前面色震怒的黑髮精靈，心裡又苦又悶。什麼時候女神再一次侵占她的身體，她卻完全不知道？

當她無意間得知了自己信仰的精靈女神竟同樣也愛慕著自己的丈夫，或者是精靈王的時候，礙於對精靈女神的尊敬，起先她是想要退讓。但她卻從靜刃口中得知自己竟是被精靈女神製造出來的傀儡，因為精靈女神希望能夠擁有軀體而接觸靜刃。

過去她以為精靈女神只是借用她的身體傳達神諭，其實那都是精靈女神想利用她的身體試圖挑逗靜刃，這讓她對神靈的崇敬破滅，剩下的只有深深的茫然。

自從那時開始，阿蘭妮絲就對自己長年以來的信仰產生了質疑。

她只是她敬愛的神靈製造出來的工具，用來接近精靈王與和精靈王親熱的工具……

靜刃聽著阿蘭妮絲那道熟悉的呼喊聲，眼神隱去了一抹深沉，換上了驚訝的表情。

「……阿蘭妮絲？女神離開妳的身體了嗎？」

靜刃趕緊走到阿蘭妮絲身邊，語帶歉意的說道：「抱歉，剛剛我的警告不是針對妳。」

阿蘭妮絲勉強想要站起身子，腳步卻有些踉蹌。靜刃攙扶住了她，將她帶到一旁的樹下落坐休息。

阿蘭妮絲臉色有些蒼白，長期面對神靈寄體導致她的身體越發的衰弱。

精靈女神最近占據她的身體與靜刃談話的時間變多了，這連帶讓她的身體以及意識變得更加虛弱……這具普通人的身體實在承受不住神靈的短暫降臨，哪怕這原本就是精靈女神刻意製造出來的載體也一樣。

面對精靈女神來去自如的隨意侵占她的身軀，她根本沒有抵抗的能力，只能默默承受那樣的情況發生。當她忽然注意到自己有了記憶空白的時候，便知道那一定是精靈女神強制壓制了她的意識。被另外一個精神體占據身軀的時候，那讓她感覺到恐懼——

女神又用她的身體做了什麼事情？

沒有人喜歡自己的身體被另一個精神體這樣隨意擺弄的，更沒有人喜歡自己的存在僅僅只是個傀儡！

阿蘭妮絲有些茫然的望著前方，嘴脣白得有些發紫。

「刃，我知道女神經常會暫用我的身體傳達神諭，以前我覺得那是一件很榮耀的事情，但為什麼現在卻只剩下不安而已呢？現在我只覺得，身體被侵占是件很可怕的事情……我只是個傀儡，操控在女神手中的玩具，每每當我甦醒過來，記憶空白時，都會為自己這樣的命運感到哀傷。」

阿蘭妮絲那張美麗的臉蛋上浮現一抹脆弱與慌張，嬌弱的讓人就想將她摟進懷裡呵護，而靜刃也真的那麼做了，他輕輕按住她的腦袋，讓其枕到自己肩頭上。比起先前推開精靈女神的嫌惡舉動，靜刃做出這樣的安慰反應幾乎沒有任何抗拒與猶豫。

但儘管動作溫柔，靜刃的內心卻井水無波，沒有心疼或溫柔的情緒浮現。擁有精靈王累世的記憶與城府，靜刃哪怕是在假裝，也能裝得讓人看不出絲毫破綻。這些對他而言，只是計畫中的一個環節，感情什麼的都是多餘的。

對此，靜刃雖然厭惡，但為了「那份執念」，他連自己都能出賣。

面對阿蘭妮絲的不安發言，靜刃劍眉輕蹙，語氣低沉慎重的說道：「這種話別再說了。要知道，女神是族群的信仰中心，妳對女神的質疑會讓人懷疑妳對女神的信心，這可能會讓大家懷疑妳是否還有資格擔當精靈聖女。」

「我知道……但是，我很害怕！我覺得我好像隨時都有可能消失一樣，我不想這樣！我不是傀儡，我是一個獨立的個體，我有我的想法跟替自己做決定的權利，女神不能一直這樣控制我！」阿蘭妮絲訴說自己心中的恐懼，緊緊擁抱住靜刃，彷彿只有在他懷裡才能感覺到安全。

以前靜刃無論對誰都很是冷漠，直到他們奉精靈女神之意成婚後，那總是冷淡的靜刃慢慢的會開始對她表露一些除冷漠以外的情緒，諸如憤怒、又或是溫柔。靜刃不為人知的一面逐漸展現在她眼前，也讓她對他的愛戀更深了幾分。

這一任的精靈聖女阿蘭妮絲，其實是精靈女神刻意製造出來的代言人，說難聽點就是個傀儡，為了能夠完全控制住靜刃的傀儡。而之所以下達婚嫁指示，其實也是精靈女神的私心。

從許久之前，精靈族還未一分為二的那時，這位機緣巧合得到半塊神格的精靈女神便偷偷的愛慕著那一次次輪迴轉世、保護族群的精靈王者。而精靈王與生俱來擁有能夠壓制其他族人的王者氣場，那是昔日王者向族群許諾要奉獻永恆的生命並引領保護族群時，便被無形賦予的權能。面對精靈王對族人的天生壓制權能，這點連成為半神的精靈女神也無可倖免。

當時的精靈女神想使用神力強逼精靈王臣服自己，卻沒一次成功過——直到這一世的精靈王一分為二，連帶賦予的權能也拆分對半，使得靜刃無法再像前世的精靈王那樣徹底壓制住精靈女神，也讓精靈女神等到了機會趁虛而入。

這成了精靈女神這次之所以能夠半強迫、半利誘的引誘靜刃背叛原先族群的主要原因之一。

只要能讓那位總是高高在上的精靈王臣服，她便感覺激動；只要精靈王來到自己身邊，那麼將他完全掌控在手就是輕而易舉的一件事了。雖然，她只是得到一個能力不完整的精靈王；但聽靜刃說，另一位精靈王靈風並沒有擁有王的累世記憶，她便對靈風失去了興致，將注意力全都放到了靜刃身上。

只是當初精靈女神在成為神靈之後，軀體便被神格吞噬，轉化成純粹的精神體，無法碰觸得到擁有血肉之軀的靜刃。

精靈女神不僅僅希望精靈王陪在自己身邊，她還貪婪的想要得到更多，所以她選擇了一個正被精靈女子孕著的精靈胎兒，利用神力將之改造成適合自己進入與操控的「傀儡」，也就是現在的阿蘭妮絲。

這個身體成長之後，將成為能夠承載神靈精神體的載體，好讓精靈女神可以完全掌控精靈王的一切——包括身體！

當時胎兒的靈魂早已被精靈女神抹去，取而代之的，則是精靈女神放入的自己意識的一部分。由於精靈女神不會常駐傀儡，所以任憑這個代理意識自由成長，這份意識最後成長為獨立人格「阿蘭妮絲」。

阿蘭妮絲並不記得自己被精靈女神分裂與製造出來的過程，就像一位再普通不過的精靈女孩一樣成長，直到最後被選定為新一任的精靈聖女。她一開始還以為自己是多麼幸運能得到精靈女神的青睞，沒想到僅僅只是因為她是精靈女神的傀儡……

「刃，我該怎麼辦……我好害怕終有一天我會消失，而女神將奪走我的身體，同時也從我身邊將你搶走……我不想這樣，我不想失去你！」阿蘭妮絲越說越小聲，恐懼的不能自已。

「別怕，我也會幫妳想辦法的。」靜刃難得展現溫柔。

可惜依偎在他懷中的阿蘭妮絲沒看見那雙溫柔不到眼底的冷眸。

「以前有一任精靈王研究過精神與意識的修煉法門，我想或許這是妳需要的。我現在將這份知識傳授給妳。妳本來就是女神分裂而出的一部分意識所長成的個體，其實真要說的話，妳也是神靈的一部分。現在的妳沒有能力反抗女神，但不代表以後妳沒有能力……不過，不要讓女神知道妳在修煉自己的精神意識。但我想，那個傲慢自大的女神就算知道了，恐怕也不認為妳這個傀儡有能力與她抗爭吧。」

聽靜刃提起了「傀儡」一詞，阿蘭妮絲眼中閃過了一絲不甘。

「不過還是小心為上，這樣如果未來女神真的打算消滅妳的意識的時候，至少妳還有能力反抗。」靜刃沉穩的說著，同時將那份修煉精神意識的技巧教給了阿蘭妮絲。

阿蘭妮絲將這當成了擺脫精靈女神控制的希望。從這天開始，她認真且努力的暗中修煉著。她現在是擁有獨立意識的個體，自然不願意被那高高在上的存在掌控命運，更何況是面對自己心愛的丈夫有可能會被從身邊奪走呢！

然而，哪怕阿蘭妮絲再如何小心翼翼的進行修煉，精靈女神多少還是能感覺到她身上的變化；但是精靈女神卻傲慢的沒有多加理會。就如同靜刃所說的那樣，她根本不認為阿蘭妮絲能夠與自己對抗。

「別害怕，我會保護妳的……那位女神從過去就一直試圖控制她身邊所有的存在，我知道，因為我也是其中之一；但我不會放棄擺脫她的控制。一個族群，並不需要兩個掌權者。」

「可是我也是女神的一部分啊……」阿蘭妮絲喃喃的說著。

靜刃望著她，平靜說道：「但妳是妳，不是嗎？妳不是那高高在上，刁蠻又自以為所有人都要崇拜敬畏自己的神靈。妳就只是妳，阿蘭妮絲而已。」

阿蘭妮絲從靜刃身上感覺到了他對自己的重視與關心，她面露羞澀，心裡有著被愛人特別看待的滿足。

愛情裡頭容不下一粒沙塵。而那位想要介入他們感情的精靈女神，就是那顆多餘的沙粒。

阿蘭妮絲心想：就算是將自己製造出來的主人、就算是族群崇拜的神靈，她也絕不允許有人想要染指、爭奪自己的愛人！

分裂的兩個個體要如何讓她們互相抗爭？

只需要一個突破點。

既然雙方都同樣對身為精靈王的他動了感情，那麼她們對他的感情則成了最好的糾紛起點。

多疑和占有慾讓精靈女神心生嫉妒憤恨；不安和想生存讓阿蘭妮絲信仰動搖。

只需要埋下一點芥蒂，在懷疑與不安的滋養下，仇恨與憤怒就會從中發芽，最後開出決裂的鮮花，然後剩下的便是他所期待的結果了。

精靈女神一直以為靜刃被她利用著，殊不知自己才是真正被利用的那一方。

靜刃就像一個很有耐心的獵人，打從他的誕生開始，就撒下了一張無比龐大的網子。如今，終於慢慢收網了……

Chapter 128

失敗的邀請

就在戰天穹趁著學院校慶晚會時向君兒求婚之後，熱鬧的校慶也終於告一段落，接下來便是學生們萬般期待的暑期時間了。不少學生與教官暫別了學校，回到故鄉或者是另有行程；也有少部分的學生和教官留了下來。校園因為多數人的離開而變得人煙稀少，有些冷清。

戰族的長老們礙於家族還有事務要處理，在戰天穹的求婚儀式過後也依依不捨的離開了。熱鬧團聚以後的冷清，讓留下來的人們有許些不適應。

滄瀾城的街道沒了校慶那時熱絡。也因為進入學生稀少的淡季，有不少店鋪乾脆暫時休業，只剩下一些組織公會或一些主要的商業區不受影響。

今天，卡爾斯、紫羽還有緋凰、阿薩特與蘭五人走在街道上，正準備前往預訂好位子的餐廳共進午餐。

自從蘭和紫羽重逢以後，就纏著紫羽好幾天了，直到校慶結束仍不打算放過紫羽。隊伍中的三名女性互相東扯西聊，讓一旁的兩名男性有些無奈。

礙於靈風有很多理由無法離開滄瀾學院，戰天穹和君兒去約會了，羅剎和戰龍則被戰天穹逼迫著去處理拖欠的公事，卡爾斯一時無聊，便跟著紫羽一群人出來吃飯。可女人的話題他實在沒什麼興趣，只好和阿薩特在一旁閒談了起來。

兩名男性共通的話題，除去修煉、實力以及工作以外，自然還有他們同樣的朋友戰天穹了。

「哦？沒想到你也曾當過皇甫世家的保鑣啊，為了保護妹妹而刻意混進去十幾年……也難怪戰天穹會欣賞你，那傢伙總是對心性堅定的人另眼相看。」

卡爾斯訝異的看向身旁的俊朗男子，說這句話時語氣誠懇，是真心佩服阿薩特能夠承受皇甫世家的靈魂契約，拋棄男兒的大好前程，隱藏在妹妹身邊照顧緋凰那麼多年。

雖然阿薩特實力不怎麼樣，但他是個有大毅力、大恆心的人，的確讓戰天穹和卡爾斯另眼相待。

卡爾斯爽朗一笑，自來熟的拍了拍阿薩特的肩膀，說道：「哥兒們不錯，老大我欣賞你，以後走頭無路可以來找我，包你在我的星……我是說我的星團裡有個好職務。」

星團與星盜團差了一個字，業務卻是天差地遠。

星團是執行類似護衛工作的一種組織稱呼，專門接洽一些護航或運送貴重物品的任務，經常需要往來遠方，甚至還有可能需要抵擋星盜的襲擊。這是卡爾斯對外的職務自稱。

阿薩特微微一笑，他沒有忘記緋凰曾暗示他，要他試著打聽出卡爾斯的真正工作。誰叫蘭一直想要知道卡爾斯的真正工作，好求份心安呢？至少要讓她知道紫羽跟著卡爾斯不會受委屈。緋凰也同樣為紫羽擔心。於是，最後這份工作便落到了與卡爾斯同為男性的阿薩特身上了。

至少兩名男性之間比較有共通話題好聊。

「如果有機會的話。」阿薩特沒有直白的拒絕卡爾斯，含糊的回答也給自己留下了後路。只是他隨後眸光閃了閃，像是想起了他對現在工作的不得志似的，面露一絲苦悶。

阿薩特的苦悶表情讓卡爾斯在心中暗自冷笑——他早從羅剎那裡得知阿薩特與其妹妹緋凰還有蘭都是九天醉媚組織的人了，自然也知道阿薩特在組織中不受待見的尷尬地位。雖然阿薩特擁有長年擔當傭兵的豐富經驗，眼界也足夠、心性夠堅強，但實力不足。九天醉媚是一個女性居多的團體，男性若無實力則必定不受重視，注定只能淪為小配角。

然而卡爾斯一向慧眼視人，他看得出阿薩特缺的只是一個能夠讓他成長的環境，只要提供阿薩特一個可以磨練實力的環境，他絕對能夠突破現在的瓶頸！

人才啊，可惜九天醉媚一向不懂得珍惜；但這並不表示他卡爾斯不識貨。

卡爾斯在了解阿薩特這個人與其性格之後，興起了招攬他的意思。

從卡爾斯的言語中，阿薩特能聽出對方對自己的欣賞，且他從卡爾斯先前的那句「我的星團」中，判斷出卡爾斯在星團中的地位之高，若非身在要職，否則是無法這樣直接替外人安插職務的。

這讓他心中多少有了幾分意動，如果卡爾斯是真心想要招攬他，或許他可以考慮退出九天醉媚、加入卡爾斯的星團也不一定，只是他有些放心不下緋凰。

於是阿薩特從旁推敲道：「我以前也曾接觸過星團的工作，不曉得卡爾斯先生的星團叫什麼名字呢？搞不好是我以前工作過的星團也不一定。」

卡爾斯自然也聽出了阿薩特語中的探詢之意，微揚起一抹略帶邪氣的笑容，用只有兩人能聽見的聲音說道：「如果在九天醉媚混不下去，就跟我混吧。」

這痞氣十足的話語令阿薩特劍眉一挑。

卡爾斯無形間透露出來的匪氣語言與強勢態度，絲毫不像個普通星團幹部會有的氣質；再加上卡爾斯明知道他們所屬的組織，還敢這樣直白坦言的拐人，表示對方的背景很硬，絲毫不懼九天醉媚的勢力。

阿薩特也是聰明人，他第一時間就想到了對方絕對不可能只是個單純的星團幹部，那怕只是一個對外的藉口而已，莫非這位卡爾斯身後是另一個足以與九天醉媚對抗的組織？這可得仔細琢磨一番了。

正待他想要接著問下去時，一行人來到了一間豪華的餐廳門口。侍者為幾人拉開了玻璃大門，恭迎幾人進入，也打斷了阿薩特的問話。

「好了，餐廳到了，我們去包廂吧！」蘭雀躍開口，拉著紫羽跟上了領路侍者的腳步。「難得趁暑假人潮較少的時候，終於讓我訂到這間餐廳的座位，我今天一定要大吃特吃！」

「蘭，妳別喊得那麼大聲。」緋凰一臉尷尬的勸說，因為蘭這樣的喊聲，使得一樓公開座位上的客人不約而同都將目光瞥了過來。

阿薩特一臉無奈，卡爾斯則是皺起了眉——並不是說他討厭性格大剌剌的蘭，而是蘭很多時候總是做出讓同伴尷尬丟臉的蠢事來，這令卡爾斯有些無言。

很快的，侍者帶領他們幾人來到二樓一間密閉的小型包廂，為幾人點餐完畢之後便離開了。

蘭從見到紫羽後的這段時間裡，一直拉著紫羽談話，而每當她問起紫羽關於卡爾斯的工作時，紫羽總是支支吾吾的不肯言明，這令她感覺古怪。今天刻意找上卡爾斯來餐廳吃飯，多少也是希望盡長姐之責，好好了解這位在紫羽生命中忽然冒出來的男性。

「嗯咳，卡爾斯先生，很感謝這段時間你對紫羽的照顧，我也經常收到紫羽傳來的訊息，這讓我明白她在你的保護之下過得很好。不過有些事，我想我還是要跟你講明白、說清楚——坦白說，紫羽一直不肯跟我透露你的來歷與工作，這點讓我有些不安。」

「你說你在一個星團裡頭工作，但據我的了解，星團是個需要長時間跋涉往來各處，而且還有可能遭遇星盜的攻擊。我覺得這太危險了。想必紫羽前段時間也是這樣跟著你來往星空，甚至還有可能遭遇過危險，儘管她沒有提及，但我想八九不離十。但在我的理想中，紫羽的對象應該是個擁有安定的生活、個性溫柔並且有能力保護紫羽的男子。」

「這幾天我略微觀察了你的情緒反應，也從紫羽和君兒口中探聽了你的一些事。你對紫羽好是事實，也有能力保護紫羽，勉強符合了要求中的兩點；但你的工作注定你沒辦法擁有一個安定的生活。說實在的，這也是讓我無法安心將紫羽託付給你的主因。」

蘭一開口就是直白發言，毫不拐彎抹角的告訴卡爾斯她的憂心，這令坐在她身旁的紫羽既是感動又是緊張。

蘭對紫羽的真心疼愛，卡爾斯看在眼裡，這也是他這個脾氣一向很差的星盜頭子能意外容忍蘭的原因。

「紫羽一直不肯透露你的工作和身分，我想可能是因為你有苦衷，就是不知道如果有機會轉行……卡爾斯先生願不願意呢？相信你一定也想給紫羽一個安定的生活、平順的未來吧？你們以後也會有孩子，總不可能一直在宇宙中奔波來去。」

蘭清了清喉嚨，嚴肅認真的說出這段話來。當然，這些話還是她和緋凰討論了許久，由緋凰幫她書寫發言文稿，在幾番演練下才能這樣順暢流利的說出口來。不然以她的性格，用語措詞才不會這麼和緩，絕對直接把她的目的攤出來。

也因為知道若是放任蘭自由發揮，絕大可能會將彼此間的關係搞僵，緋凰才會特別暗中提點蘭應該要如何跟卡爾斯談事的技巧。

卡爾斯雙手交握，身子微微後倚著椅子，這樣細微的動作不經意的展現了上位者特有的談話氣勢。他那雙翡翠色的眼玩味的打量一臉認真的蘭，卻是沉默的微笑著。看得蘭快要隱忍不住性子時，卡爾斯才幽幽開了口。

「所以呢？」他的翡翠眼眸不經意染上了一絲深沉，語氣輕佻的回問道。

他聽出了蘭最後那句話語中暗藏的意思，不難想見蘭其實很想要他加入九天醉媚——這樣一來，也確保了紫羽的加入。好在紫羽在知道了九天醉媚的「那件事」以後，對於九天醉媚的觀感也降到了負值，自然不願意答應蘭的邀請。

蘭因卡爾斯輕佻的問話皺起了眉，心生不悅。她清了清嗓子，語氣平緩的說道：「我和緋凰以及阿薩特先生目前都在同一個組織裡工作。這個組織很照顧我們，福利很好，升級制度完善，資源多樣齊全，也有一些很適合你和紫羽的工作。我有邀請過紫羽，但她一直不肯答應我，我想她應該是顧慮到你的關係，因此不敢輕易答應，所以現在我想問問你的意見。」

「我們的組織主要負責大型遺跡的探索，有充滿挑戰性的探索工作，也有保護組織重要成員的任務，只要卡爾斯先生你願意加入，紫羽一定也會跟著你一起加入。紫羽擁有的駭客才能，相信卡爾斯先生應該知道，這樣的她放到各大組織都能得到重視，你也可以選擇成為保護紫羽的護衛。我相信以卡爾斯先生的才能與實力，加入我們組織一定能得到重用——」

蘭見卡爾斯面不改色，誤以為自己的提議無法打動對方，便決定直白的向卡爾斯坦承她們的組織名稱！

「我們的組織是『魅神妲己』創辦的『九天醉媚』，相信卡爾斯先生一定聽過吧？要知道，星界級強者可是有機會得到妲己大人的親自指導，這是難得的大好機會哦！」邊說，蘭臉上也邊浮現了自豪的神情，對自己身為這知名組織的一員而感覺驕傲。

卡爾斯眼角抽了抽，卻不答話。

若論指導提點，戰天穹、戰龍和羅剎隨便一人都能給予他需要的協助，幹嘛一定要特別加入九天醉媚？他又不崇拜那位空有容貌卻蛇蠍心腸的女人！

只是看著蘭因為提起了「魅神妲己」之稱而面露崇拜嚮往的神情，卡爾斯頭疼的明白，蘭恐怕也是「魅神妲己」的瘋狂崇拜者之一。那位守護神在人類世界擁有極大的號召力與崇拜群體，然而卻沒人能看見那被妲己隱藏在黑幕中的陰暗真相……

緋凰在此時和阿薩特交流了眼神，她沒有忽略卡爾斯那句輕佻發言背後隱藏的冷漠情感，就想詢問阿薩特之前探查的情況細節。

阿薩特只是無聲的啟脣說道：「卡爾斯這個人不簡單，我推論他背後的組織並不弱於九天醉媚。」

緋凰一愣，神情轉為嚴肅。不過她想了想，能夠和「陣神滄瀾」、「戰神龍帝」以及那位可怕的「凶神霸鬼」泰然自若談話的男子，怎會是普通角色？

緋凰自從知道君兒的魔女身分以後，跟著推測出了戰天穹隱藏的真實身分。相較於她一開始的驚訝到最後的平靜接受，蘭反而對戰天穹產生了無與倫比的畏懼之情，只要戰天穹在的場合，她的腳根本連站都站不直，這使得緋凰只得帶著她遠離戰天穹所在之處，卻也因此減少了和君兒相處的時間。

因為了解到卡爾斯背後的組織可能勢力強大，緋凰這一次沒有加入蘭邀請卡爾斯的勸說談論之中。

餐桌上，紫羽顰著秀眉，憂心的目光在眾人身上來回。

卡爾斯不為所動，臉上的冷漠顯示他對蘭這樣的勸說很是不耐。

良久後，紫羽見蘭在久勸不得回應後，臉色逐漸鐵青了起來。她趕緊扯了扯蘭的衣角，不想她跟卡爾斯吵起來。

紫羽咬了咬唇，有些猶豫的解釋道：「蘭，對不起，我和卡爾斯哥哥是不會加入九天醉媚的，我一直不答應妳是因為……呃，因為很多理由，現在沒辦法多說。但可以的話，我希望妳們退出九天醉媚，最好不要跟這個組織有所往來比較好。」

儘管紫羽有些怯弱的發言，但她難得這麼清楚的明白提議幾人離開九天醉媚，令熟知她過去性格的幾人不由得感到訝異；卡爾斯同樣有些驚訝，心中更多的是對紫羽跟在自己身邊有了成長而感到欣慰。

放到以前，紫羽恐怕連這樣一句話都說不完整呢！

「為什麼?組織對我們很好、福利和待遇也很高。而且組織照顧、保護我們幾年了，不是說退出就能退出的。」蘭面露愕然，顯然沒想到紫羽竟然反過來希望她們退出組織。

這幾天她一直邀請紫羽加入九天醉媚，紫羽總是面露難色，始終沒有答應她，沒想到今日卻語出驚人——紫羽從來不說這種沒有根據的勸說，那又會是什麼令紫羽說出這樣的勸言？

緋凰面露驚訝後隨即正襟危坐，和阿薩特交換了一抹眼神，然後詢問紫羽道：「紫羽，可以告訴我們為什麼嗎？至少給我們一個合理的理由。畢竟退出組織事關重大，這種事可不能隨便說說。」

「我、我……」忽然被大家這樣看著，紫羽又變得懦弱了起來。她忽然不知道該怎樣跟緋凰她們開口，若說君兒是謠言中的魔女，而九天醉媚對魔女懷有異常意圖，緋凰她們會信嗎？還有，九天醉媚私底下的研究……她很清楚表姐蘭對「魅神妲己」的崇拜，那個事件說出來恐怕會帶給蘭極為沉重的打擊吧？

紫羽和卡爾斯並不知道緋凰她們已經知道君兒是魔女的事情了，只是紫羽另有顧慮，雙方無法妥善講明的結果就是讓彼此產生了隔閡誤會。

紫羽一臉不安的看向卡爾斯，用眼神詢問卡爾斯是否要將「那件事」說出來。

卡爾斯搖頭示意紫羽暫時不要提及那件事。紫羽在查到那件事之後，就被對方的反駭客部門盯上了，這讓他們一直沒機會聯繫戰天穹或羅剎將這個消息轉達而出，這一次之所以會順著戰天穹的邀請來到滄瀾學院，多少是希望跟身為守護神的幾人談論這件事——可畢竟戰天穹好不容易下定決心要向君兒求婚，卡爾斯也不願在這個緊要關頭將那嚴重事說出口，讓戰天穹多添煩惱事。大家都各有忙碌事，再加上熟知詳情的紫羽一直被蘭帶在身邊，沒機會讓紫羽對著羅剎等人講述她查到的那件事。

看見卡爾斯搖頭，紫羽惴惴不安的點點頭，弱弱的說了一句：「現在還不能說。不過我是真心希望妳們能夠退出那個組織的……」

蘭在此時深吸了一口氣，然而那緊鎖的黛眉顯示了她正壓抑著內心火氣。但看在紫羽的分上，她可以暫且不提邀請。

「既然你們的意願不高，我就暫時不提邀請你們加入組織的這件事。但，卡爾斯先生，紫羽跟我往來的信件中，有提到你們至少相處一、兩年了；既然你跟君兒和鬼先生都認識，那兩位都約定終生了，你是否也該給紫羽一個婚禮呢？總不能讓紫羽沒名沒分的跟著你吧？還是，你只是想要占我妹妹的便宜，然後有朝一日玩膩了再把她一腳踹開？！」

說到最後，蘭不禁想到了這段時間卡爾斯無意間表露出的輕佻，頓時多了幾分聯想，火氣攀升，嚴厲且危險的瞪著卡爾斯，張口就是難聽的質問。

緋凰暗叫不好，蘭終於還是按捺不住脾氣，用錯誤的態度和言語將事情導向大家最不樂意見到的局面了。

蘭的最後一句話，讓談話開始至今都面無表情的卡爾斯，終於有了情緒上的變化。卡爾斯危險的瞇起眼，絲毫不迴避蘭審視的目光，只是眼神帶上了幾分惱火。蘭的質問表明了她在懷疑他對紫羽的情意，沒有任何一個深愛著自己愛侶的男人，能夠接受這樣難聽的挑釁！

他不是沒想過要給紫羽婚禮，但是身為一個通緝在案的星盜團團長，他的妻子一旦正式確定，連帶也會讓無數人關注起對方的身分，甚至很有可能她從此再也無法像個尋常女孩一樣走在街道上逛街。

而且紫羽的性格並不符合擔當星盜團團長夫人的這個位子。很多時候，星盜的團長夫人必須成為星盜團中第二位能夠穩定星盜們心情，與暫代離席團長指揮局面的重要角色。

可是，紫羽的個性一直以來都不及格；但她在認清自己的心意以後，的確很努力的在成長與學習，只是這需要時間。卡爾斯一直在等待，等待紫羽成長至足以擔當星盜團團長夫人一職的那時，才要為她舉辦一場盛大的婚禮，將紫羽的身分公諸於世。可如今蘭的此番逼問，竟是要逼他給出一個確切肯定的答案來了！

若說自己決定幾年後才要和紫羽成婚，蘭絕對會跟他鬧得沒完沒了，這讓卡爾斯對這位火爆卻又護犢的女人很是沒轍。

他看了紫羽一眼，沒有忽略紫羽眼中那期許的光輝，這令他深深一嘆。

「雖然就時間而言有些太早了，紫羽還沒完全成長起來……但我可以保證，未來我會給紫羽一場盛大的婚禮；可就現階段而言，我只能為她舉辦一場小型的訂婚宴。」

卡爾斯有些無奈的給出答覆。然而他這副似是逼不得已的答案，卻讓蘭對卡爾斯的不滿更多了幾分。

「訂婚？」蘭冷冷一笑，雙手環胸，一臉不信任的看著卡爾斯。「那，根據訂婚習俗，這段時間紫羽和你就暫時都不能見面了。從現在起她必須跟著我，直到你和紫羽訂親為止！喔，對了，關於戒指的部分，我會和緋凰一起討論；還有聘金……你隨便拿個幾百萬出來就好。」

經過長期的演變，訂婚的禮俗已經被省略許多，很多家庭在嫁娶兒女時多半選擇從簡，所以很少人會要求聘金了。蘭的最後一句話只是單純的想要威嚇卡爾斯，畢竟幾百萬可不是什麼人都能隨手拿出來的財富。

「蘭！」紫羽驚呼出聲，她雖然知道卡爾斯擁有的資產之多，這樣的聘金對他而言只是九牛一毛，但她卻不想見到蘭表現得那麼勢利眼。

「沒事，反正姐姐要到聘金之後也是給妳當私房錢。姐姐沒什麼好給妳的，多幫妳要點私房錢總行吧？」

蘭對著紫羽彎起一抹帶有安慰意思的笑容，然而她看向卡爾斯時的眼神卻充滿了挑釁意味。

「卡爾斯先生，你也聽到了，我這聘金說白了就是要給紫羽的私房錢，只是順便象徵性替我做做面子而已。如果你拿不出來的話，要不要考慮加入我們九天醉媚？出幾次任務就有這樣的資產了唷！比起你星團護送任務的酬勞應該豐碩不少。」

卡爾斯的表情有些哭笑不得。要知道，光是靠紫羽自己的駭客才能，轉手將駭得的機密資料賣出去，隨隨便便就能拿回幾百萬了……還要給紫羽私房錢？真要說的話，紫羽都還比他這個星盜頭子有錢呢！

只是既然蘭都這樣說了，他也不會吝嗇，更不想順著蘭的意加入九天醉媚。

於是，卡爾斯大方的報了一個令蘭目瞪口呆的數字，說要給紫羽當作聘金……

面對這樣的卡爾斯，蘭冷哼了聲，知道以聘金為藉口半強迫半利誘卡爾斯加入組織的事情是不可行的了。只是，懷有這樣資產的卡爾斯，究竟是什麼人？這點也讓蘭忍不住懷疑了起來。

聽著卡爾斯這樣明確講述願意跟她訂婚的話語，紫羽臉蛋忍不住染上了紅暈。看著鬼先生向君兒那樣浪漫的求婚，說不想要卡爾斯也那樣對待她是騙人的。

「卡爾斯哥哥，謝謝……」紫羽一臉幸福的笑著，臉上有著害羞。

卡爾斯也笑了，本來因為跟蘭的談話而有些不悅的心情，在看見紫羽的溫柔笑顏以後撥雲見日。

「哼，卡爾斯我警告你，如果你以後敢欺負紫羽的話，我絕對不會放過你的！」蘭丟下最後一句警告，然後在卡爾斯面前抱了抱紫羽，似乎要表示她跟紫羽的感情是多麼的要好。

紫羽開心的笑著，也向疼愛自己的蘭道了聲謝。

她真的好幸福呢！

只是紫羽在此時想到這一次沒能跟她們一起來吃飯的君兒，感覺有些遺憾。

想起戰天穹與君兒求婚的那場意外，當時的君兒只是笑著將那枚瑕疵的戒指戴上了左手無名指，這讓她心疼君兒的堅強。

「我希望君兒也能來參加我的訂婚禮，讓她沾沾喜氣。」紫羽想了想，向卡爾斯開口要求道。

「好，我會跟阿鬼還有君兒提的。」卡爾斯寵溺的看著她，心裡也有了幾分盤算。

Chapter 129

魅神妲己・蘇媚

羅剎正煩悶的批改著公文，同時抱怨著，學生都去放假了，居然還有那麼多事情要他來審核校閱！

前段時間因為他太常去找君兒交流情感，儘管有戰天穹暫代工作，但還是拖欠了許多必須由他親自審核的公文。如今戰天穹向君兒求婚以後，自然是要把時間留給那對未婚夫妻去甜蜜恩愛，而他則得乖乖回到工作崗位上忙碌被他落下的工作。

戰龍坐在羅剎身旁的另一張桌子後，陪著羅剎一起批改公文，然而他的心情很是憂鬱。這一次戰龍很難得的自願前來幫羅剎處理公事，僅因他養父在向君兒求婚時，由他監製的求婚戒指主鑽竟然碎裂了……明明挑的是最高級的紫鑽、他和工匠也都反覆檢視過主鑽的品質，為何會在求婚的時候好死不死的裂了？！

戰天穹在求婚過後沒有責備過他，甚至還要他不要在意。君兒也不怪罪戰龍，反而還謝謝他代替無法監工的戰天穹監製戒指的辛勞。然而因為如此，戰龍更是感覺愧疚了。

在無能補償的情況下，他只能替羅剎分擔一些工作，讓養父可以專心與君兒共度兩人時光，這才能消弭自己良心的不安。

辦公室裡頭除了兩人批改公文的筆刷聲以外，還有一道淺淺的酣睡呼吸聲。

靈風手枕於腦後，平躺在羅剎辦公室裡的會客沙發上小睡。這段時間他一直忙著參加訪談、和人類的科研人員討論精靈技術與人類科技如何結合運用的會議。

然而，在外人看似光鮮亮麗的情況底下，靈風卻過得異常疲倦。

他本來就不像兄長靜刃那樣擅長待人接物，強顏歡笑久了也會感覺精神疲憊。趁著空檔時間，他乾脆偷閒躲在羅剎辦公室裡睡大頭覺。

靈風那慵懶輕鬆的模樣，令忙碌的兩人又是羨慕又是忌妒。但兩人都明白靈風身上所背負的沉重責任，沒有多加責備靈風藉機偷懶。

突然之間，羅剎停止了手邊工作，一臉嚴肅的站了起來，如臨大敵的看向了某個方位。

就在方才，他感覺到有一股強大的星力進入了他的神陣領域。對方似乎是使用空間瞬移的方式進入，卻並不妨礙羅剎的探查。

羅剎金眸冷冽，對著辦公室的某處如此說道：「蘇媚，既然來了就不要躲躲藏藏的。」

戰龍也在羅剎反應過來的瞬間，抬眼看向該處；靈風的細微鼾聲在同一時間止住，他反應敏捷的坐起身來，像是注意到了辦公室裡頭不對勁的氣氛。

「呵呵，真難得呢，兩位守護神還有永夜精靈王都在這裡，倒替我省去不少找人的時間呀。」

女人嬌媚的輕笑聲突兀的傳了出來。

自聲音傳來的所在處蕩漾起了空間的波紋，一位披著狐裘、身穿貼身白裙的絕色女子優雅的自空間裂縫中走了出來。她一頭白髮高盤、臉上一雙勾人紫眼，嘴角彎著傲慢與狐媚的笑，放在尋常人當中，怕是所有人都因此被勾去了心神魂魄，在那連日月都為之羞愧的美貌底下臣服。

可惜，在場三人裡，羅剎和靈風並不是真正的人類，幾乎沒有受到女子絕色的影響，剩下的戰龍則是一心向著修煉、心性如鐵，自然也是不受誘惑。

三人絲毫沒有受到女子絕豔容貌的影響，反而如臨大敵的望著她。

戰龍眼角抽了抽，沒料到這位妖女竟然會出現在這裡。「蘇媚，妳來這裡幹什麼？我記得精靈戰區的情況並不穩定，妳這位負責保護該處的守護神擅自離開，這樣好嗎？」他直呼對方真名，赤眸滿懷戒備。

「唷，龍大人你都可以離開龍族戰區了，為什麼我不能前來呢？難道說，龍大人不願意看見我嗎？人家可是一心思念著你呢……」女子露出了傷心難過的表情。

然而她那副我見猶憐的樣貌卻令戰龍冷叱了聲，面露嫌惡。

「少用那副狐媚樣勾人，老子不吃這套！」戰龍語氣嚴正的警告出聲，一眼就看出了女子的假裝。

「龍大人總是那麼冷酷，真讓我傷心……」名喚蘇媚的女子眨了眨勾人的媚眼，轉頭看向一臉冷漠的羅剎，溫柔可人的喚道：「羅剎大人，好久不見，人家也好想——」

空間彷彿傳來了一聲碎裂聲響，蘇媚本來興致高昂的神情一僵，話語戛然而止。她可以感覺到周身的空間似乎在方才一瞬被某種力量破壞了，很顯然對方是在警告她不要再玩下去了。

看著羅剎眼中的冰冷，蘇媚嘟了嘟嘴，一臉無趣。

羅剎冷言警告：「給妳三分鐘解釋妳來的理由。」

「羅剎大人，你好狠心……好啦，不鬧了。」蘇媚的氣質變化萬千，前一秒嬌柔脆弱，下一秒便換上一張正經嚴肅的臉龐，前後變化之大讓人難以捉摸。

她看向自沙發上坐起身，眼睛被凌亂瀏海蓋住的黑髮精靈，眼神微微一瞇，語氣帶著幾分玩味的說道：「我這一次來，第一件事是希望能跟『永夜精靈王』靈風殿下談論一下精靈技術是否能運用在人類戰艦上的學術問題；第二件事則是一直以來我忙於工作，沒機會親眼見見靈風殿下，這一次算是順道來向你請安問好……」

「將近半年之前我才和另一位神眷精靈王交手過，沒想到『永夜之境』現在又突然多出一支精靈族群。身為負責精靈戰區的我總要多了解一下更為詳細的情況，以爭取在神眷精靈族戰爭時的更多勝算——靈風殿下也在公開談話中提到，永夜精靈一族和神眷精靈一族是敵對關係吧？那麼相信你能給我們更多有利於我們的訊息囉。」

蘇媚目光放肆的打量著靈風，似是好奇，也有著不信任。

雖然有幾位守護神的聯合同盟宣言，不少人類開始信任永夜精靈，但也有不少人類對於同為精靈的永夜一族抱持著懷疑的心態，還是用著這樣的目光看待永夜精靈一族，靈風不時在公開會議或者是接受訪談時，總會面對一些激烈分子的言談挑釁。

這段時間，靈風也將過去靜刃強逼著他學習的談話技巧發揮得宜，儘管他疲於應付此類問題，但他也明白哪時候該隱藏自己的心情，該如何使用適當的態度與言語應對。

面對蘇媚有些尖銳的提問，靈風微揚唇角，平靜的應對。

「蘇小姐……請容我這樣稱呼妳。我想這段時間我已經在公開頻道講述了關於我們永夜一族與神眷一族的差異與優點弱勢所在；但畢竟神眷一族有背叛我們永夜一族的我的兄長存在，我並不能保證他們不會進步。」

「可我也釋出了誠心，將我們永夜一族運用星力的技巧公諸於世，將我們的智慧、科技分享給了人類，若是蘇小姐想要得知我們一族的技術如何運用在製作人類戰艦之上，我想那些與我共同研討此事的科學家應該最清楚才對，莫非他們公開的最後討論結果以及結合我們兩族的全新戰艦設計圖，還無法讓人信服嗎？就算蘇小姐無法相信我，那總得相信人類號稱最頂尖的科研團隊吧。」

靈風巧妙的將問題踢回給了蘇媚。她問的那些事情，早在之前數次的公開談話中就已經全部公布了，因此不難推斷蘇媚此次只是刻意找事而已。

蘇媚的藉口被全部推翻，倒也沒因此氣惱，只是一挑黛眉，腳步幾次移動便來到了靈風另一頭的沙發坐了下來，打量著對方，似乎還有其他事情想要談論。

見蘇媚的注意力被靈風帶走，羅剎眉頭皺了皺，卻是不再理會，逕自回到辦公桌前批改公文，語氣不耐的丟了一句：「趕快把事情處理好，然後離開我的地盤。」

戰龍則是冷哼了聲，臉上的厭煩顯示他對這位同為守護神的女子很是排斥。

蘇媚那雙似乎無時無刻都在勾引人的媚眼直直盯著靈風，卻發現自己看不透眼前這位神秘的精靈王。

靈風淺淺一笑，語氣輕鬆的問道：「不曉得蘇小姐還有什麼想知道的嗎？我會盡我所能的為妳解答。」

「……呵呵，傳言神眷精靈王是靈風殿下的雙子兄長，對吧？我可是很好奇你們兩兄弟為何會反目成仇，而族群又為何會一分為二的唷，如果靈風殿下願意，能否和我談談這件事呢？公開談話裡頭你有提到神眷精靈族擁有一位神靈的存在，我對『神』的存在也同樣很好奇。」

靈風公式化的給出了一套說詞，大概意思是精靈女神和前任精靈王起衝突，因而精靈女神帶著自己的精靈信徒遠走他鄉，一分為二的族群也因為各自的信念不同而反目成仇。他略過了他與靜刃成仇的原因，不打算詳談此事。

蘇媚見靈風又是那套官方說詞，微微蹙起了黛眉，但識趣的沒有追問下去，改而問起了靈風關於新式戰艦的看法，並且遞出一張訊息卡片。那張卡片中有著她所主持的九天醉媚組織，將發掘到的遺跡舊文明科技重新與精靈技術結合所延伸的論點，結合由人類科學家設計的第一新式戰艦的設計圖，自行改良而成的非公開第二新式戰艦技術與設計圖。

負責精靈戰區的蘇媚極為看重戰艦的設計，這將關係到在戰爭中人類所擁有的優勢地位。

聽蘇媚提起正事，靈風這才肯願意開口解答蘇媚的問題。

這一次，羅剎沒有因為蘇媚待了超過三分鐘而強制將她驅離出去。

兩個小時過去，蘇媚終於滿意的結束了這一次的談話。

只是，在離去前，蘇媚狀似不經意的開口問起了戰天穹的情況，讓羅剎與戰龍不約而同冷眼掃向蘇媚，神情滿是防備。

「你找鬼先生幹什麼？」戰龍難得沒有稱呼戰天穹一聲「爹」，對於這位容貌嬌美，實則心懷詭策的女人，他一直很小心不讓對方知道戰天穹是自己養父的這件事，唯恐對方會藉機生事。

他們幾位守護神儘管都是為保護世界被冠上這樣光榮的稱呼，但可不代表他們彼此間能夠和睦相處。很多時候，為了權力、為了財富、為了親族血親的前程，他們私底下還是會有所爭鬥，只是這一切都隱藏於幕後，從來不讓事態嚴重到被平民老百姓知道。

而守護神之中，蘇媚便是唯一一位明擺著與「凶神霸鬼」有著頗深仇怨的存在。

過去新界剛開放時，蘇氏一族曾是與戰族不相上下的一方大族。然而蘇族大量精英卻在戰場上被走火入魔的戰天穹錯手屠殺，使得蘇族家族勢力逐漸式微。戰天穹可以說是導致蘇族走向毀滅的罪魁禍首。自此，蘇族對戰天穹便懷有極深的怨憤。

因此，對於「凶神霸鬼」的痛恨便銘心刻骨落在蘇媚的血肉之中。只是等她自認成長為能夠與戰天穹叫板的角色時，愕然發現，戰天穹的實力遠比剛成為守護神的她來得更強，只好暗中將怒氣轉向戰族。只是，幾千年以來，戰族已然坐大，她沒辦法與根基扎實的戰族相抗衡，只能採取其他形式阻撓戰族的發展。

雖然蘇媚對他以及戰族懷有仇怨，但至少對保護人類還算是盡心盡力。如此，戰天穹便嚴令族人，只要蘇族不真正傷害戰族人，那麼就任由蘇族任意胡鬧，反正戰族家大業大，不在乎一點損失。

可儘管戰天穹不在意，卻不代表脾氣直爽的戰龍隱忍得住，這導致了他與蘇媚不對盤。羅剎身為戰天穹的好友，自然也是站在戰族這一方。而其他守護神則是保持中立，盡量不牽扯到蘇媚的陰謀詭計之中。

或許也是明白戰天穹的容忍，蘇媚才敢這樣放肆。

「唉唷，很久沒見鬼大人了，人家想他嘛。」蘇媚一臉羞澀的模樣，然而眸中閃過的卻是森冷的仇怨光輝。

戰龍額上青筋一跳，就想粗魯回話，卻被羅剎警告的目光瞪止了言談。

羅剎冷漠的看了蘇媚一眼，說道：「事情辦完的話，就請離開。慢走不送。」

蘇媚哀怨一嘆，卻是自懷裡拿了張資訊卡片，召喚出了裡頭存放的訊息——一枚美麗的蝴蝶圖騰以及無數個畫面與訊息視窗。

那枚圖騰與君兒擁有的蝶翼圖騰有些相似，卻並非完整，有些模糊，甚至有些部分的線條似乎是透過模擬完善出來的。

羅剎眼一瞇，沒有答話。

「人家只是想要親手將這份資料交給鬼大人嘛……這可是跟前幾年牽扯到他的魔女謠言中，那位『魔女』的資料哦。我旗下的組織幾年前在一座古遺跡中，得到了一位舊西元時期科學家對於『魔女』的研究手記，長年以來的研究終於有了突破性的進展，羅剎大人難道不好奇我的這份研究在探討什麼嗎？」

蘇媚狐媚的笑著，不經意的提道：「啊，說起來，兩年前的魔女謠言裡頭提到魔女將會伴隨著惡鬼而來，那麼……不曉得現在出現在鬼大人身邊的那位女孩，會不會就是傳言中的魔女呢？」

「蘇媚，如果妳想找死的話……」羅剎冷眼相對，絲毫不懼蘇媚語中暗藏的威脅。雖然他沒有將話言明，然而聽到這話的人相信都能明白他的嚴厲警告。

蘇媚神情一冷，媚眸閃過一絲詭光，說道：「人家只是好奇，又沒傷那女孩的意思。」

「誰不知道妳研究魔女是為了什麼？妳還真以為妳拿到的那些研究手稿，能幫助妳找到妳要的答案？愚昧的人類。」羅剎冷嘲熱諷的說道。

他一個彈指，蘇媚手邊的資料卡片便被突來的攻擊擊成碎片，她眼前的訊息畫面也在卡片被破壞以後瞬間崩解。

蘇媚臉色絲毫未變，好像不在意這份資料被毀去一樣；反正她備份很多，今日拿出其中一份也只是希望能將之作為籌碼威嚇羅剎而已。

「哼！」

蘇媚輕哼了聲，站起身子撕開了空間裂縫，作勢就要離開。而就在她半身踏入空間裂縫時，她忽然低低的笑出聲來，說道：「原來這樣的資料還不夠嗎？那麼……生命禁區之一的『生命遺跡』是否擁有我需要的資料呢？」

「要去送死請自便。」羅剎一臉不耐的說道。

蘇媚嬌笑了聲，身子悄然隱沒於空間漣漪之中，瞬間移動走了。

羅剎有些啼笑皆非，卻是不擔心蘇媚打算對那座遺跡下手。那座被他親自列為生命禁區，至今仍在運作的唯一一座古遺跡，不久之前他才前往該處進行定期的檢修。遺跡外圍，強悍的魔獸群是道天然防線，更別提遺跡還有自主攻擊外來者的防禦機制……蘇媚想要闖那座遺跡，可得付出不少代價才行。

「呿，瘋女人……」戰龍咒罵了聲，然後好奇的問道：「不過羅剎，那座還活著的遺跡裡面，究竟有什麼東西那麼吸引她啊？她這一次竟然這麼直白的說出這種話，就表示她是鐵了心要闖入那座遺跡了，那裡是你列為生命禁區的地方對吧？『永夜之境』也是你親手列的，該不會裡頭又存在了什麼神秘的族群？！」

羅剎白了戰龍一眼，沒好氣的回道：「你真以為每個生命禁區都有像永夜精靈一樣的族群啊？精靈族在許久之前就曾是這個行星上的霸主，最後因為內戰而死傷大半，當時的精靈不是追隨精靈女神離開，就是全部聚集『永夜之境』，沒有其他的離散精靈了。」

靈風手托下頷，面露思考。良久後，他開口猜測道：「那位蘇小姐提到的舊西元時期科學家對魔女的研究手記……該不會是『白金魔神』巫賢曾經留下來的吧？」

「沒錯。」羅剎肯定的點點頭，然後一臉嘲弄，「蘇媚可能是從父親大人對魔女的研究中，得知魔女的力量可以從魔女身上剝離出來，所以才起了異心吧。她是個很有野心的女人，不難猜想她對魔女好奇的理由為何……不過，她最好不要惹禍上身，一旦被父親大人知道她對魔女的研究，哼……」

聞言，靈風幾番推敲後，猜測道：「這麼說來，該不會『白金魔神』就沉睡在那座『生命遺跡』裡頭?如果真是那樣，蘇小姐若真闖進去……這樣妥當嗎？不會驚擾到那位神秘的『白金魔神』吧？」

「嗯哼，我倒是期望蘇媚真闖進去呢。」

羅剎眼神閃過一絲森冷，絲毫不擔心那種事情的發生。只是他隨後面露苦悶，提起了另外一件事：「總之，無論蘇媚能不能成功的突破那座遺跡都不是重點。我現在比較擔心的是，蘇媚那女人既然來了，以她的性格，絕對不可能空手而回，她一定會試圖接觸君兒才對。看樣子得提醒一下霸鬼要注意這件事了，可以的話，真不希望打擾那對苦命鴛鴦啊……」

說到這，其他兩人也不由得輕輕一嘆。

戰天穹好不容易下定決心向君兒求婚，然而先是求婚的戒指主鑽碎裂，後又是這位狐媚守護神的到來。

要知道，君兒的時間不多了，加上戰天穹將要前去魔陣噬魂的本體所在，準備取回遺落在外的力量，此刻他們難得可以享受只有兩人的世界，為何總還是有那麼多煩心事出現？

戰龍劍眉緊鎖，開口提了個建議：「等我爹前去取回力量的時候，我會盡可能在學院多待一段時間保護君兒；但前線情況由不得我在學院待太久，不久後我還是得離開，希望之後的時間不要出什麼差錯才好。」

靈風堅定回應道：「放心，還有我和卡爾斯老大呢！我們一定會保護好君兒的！」

羅剎看著在場的兩名男性，想到有這樣的豪華陣容保護君兒，相信蘇媚就算對君兒有所圖謀，也無從下手才是。便也放鬆緊繃，露出輕鬆的笑容。

只是，為什麼還是有種難以捉摸的不安感覺繚繞心頭？這是否代表了什麼不祥即將接近？

這個時候，羅剎忽然萬般期待起蘇媚能夠成功闖進「生命遺跡」，最好把他的父親大人吵醒，然後……

蘇媚那一身力量就會全部成為讓巫賢甦醒的力量來源。

至於蘇媚最後會變得怎樣，那便不在羅剎的考慮範圍裡了。

時間不多了，如果這個時候巫賢能夠醒來，或者是魔女牧非煙順利完成對精靈母樹的治療，君兒身邊的保護力量就不會這麼虛弱了……

Chapter 130

糾葛纏身

塔萊妮雅是少數沒有離校歸鄉或外出的教官之一。此時的她坐在自己的辦公桌前，看著這一學期的學生成長計畫，琢磨著下一學期要替學生設立的成長目標，並且思考著該如何妥善安排最適合學生的課程。

而這時，只有她一人的辦公室裡頭忽然傳出了女子帶有調侃意思的清脆嗓音：「妮雅，妳總是那麼認真呢。」

那人親暱的稱呼令塔萊妮雅一愣，她轉過頭朝聲音傳來處看了過去。然後在看見不知何時坐在自己辦公室內沙發上的白髮女子後，不由得眼睛一亮，驚喜交加的喊出聲來。

「妲己大人！您怎麼來了？」塔萊妮雅欣喜的離開了座位，恭敬的走到蘇媚面前行禮，然後動作熟練的泡起茶來，將熱騰騰的高級紅茶遞到了蘇媚桌前。

蘇媚臉上笑意不減，滿意的端起茶杯飲用了起來。

「還是妮雅泡的茶好喝。」

「謝謝大人。」塔萊妮雅一臉開心的回道，卻是佇立在一旁，等候蘇媚的下一步指示。她明白這位大人的習慣，知道她不會突然來找她。

兩人之間的靜默直到蘇媚放下了茶杯才打破。

蘇媚媚眸一轉，直接問道：「妮雅，最近那位女孩子的狀況如何？」

塔萊妮雅神情肅然，將蘇媚下達命令要監控的那位女孩的情況如實傳達而出。

聽著塔萊妮雅條理分明的分析與講述，蘇媚臉色不變，只是眼眸多了幾分玩味。

「……然後，緋凰最近開始探查起了與『靈魂』有關的組織資料，再加上前段時間我不經意觀察到君兒恍神狀況頻繁的情形，所以我大膽推測，緋凰之所以查找靈魂的資料是為了君兒。」

聞言，蘇媚黛眉一挑，卻是含糊不清的說了一句：「看樣子，那女孩身上的椿紋開始不穩定了呢。」

之後她突然問了一句與本來話題沒什麼關聯的話：「現在那個女孩幾歲了？」

塔萊妮雅一愣，卻還是恭敬回道：「大人，君兒現在是十八歲，再一個多月是她的生日，很快就要滿十九歲了。」

雖然不解蘇媚為何會特別要求要監控與關注君兒的情況，但塔萊妮雅仍舊將自己了解的一切轉達而出。

「另外，我無意間從蘭口中得知，鬼教官似乎向君兒求婚了……」塔萊妮雅在說這句話時，語氣有些失落。儘管還沒有證實，蘭也在當時錯口說出以後趕緊迴避了話題，但塔萊妮雅還是從旁探聽出了真相。

蘇媚眼睛一亮，輕笑出聲。

「哦？鬼教官向那女孩求婚了？他是真的對那女孩動心了？」連續三個問句，顯示出蘇媚的驚訝與好奇。

出於家族的仇恨，她曾經不只一次暗中觀察那位害得他們蘇族家破人亡的罪人。而在她成為守護神，建立九天醉媚組織之後，資料收集變得更加容易。

名目上戰天穹是戰族的鬼大人，私底下的他卻是不被世人承認的黑暗守護神「凶神霸鬼」。在所有對戰天穹觀察到的資料裡頭，在在顯示出他是個冷情、極重大局的男人，總是疏離的對待身邊的所有人，也不曾對哪位女子用心過……這樣的他，也會有向某位女性求婚的一天？

蘇媚目光幽遠的看著窗外某處，心裡不經意的閃過一絲難言的怒氣。

那個毀滅他們蘇族的罪人，是沒有得到幸福的資格的！

蘇媚轉頭看向塔萊妮雅，她此時微微低著頭，卻不難看出她臉上的失落與傷心。塔萊妮雅一直喜歡著戰天穹，蘇媚是看在眼裡的。但塔萊妮雅並不清楚戰天穹的真實身分，只是單純被那個男人冷漠又隔絕於世界之外的寂寞氣質所吸引。

不知怎的，蘇媚對塔萊妮雅的欣賞無來由的少了幾分。

蘇媚忽然站起身，來到了塔萊妮雅辦公室對外的窗口邊，望著窗外的風景，語氣有些冷漠的下達著指示：「妮雅，讓組織內排名前十的探險團放下手邊遺跡的探索工作，改為探索生命禁區之一的『生命遺跡』。」

塔萊妮雅面露驚愕，「大人，那裡不是……？」

她們不是沒嘗試探險過「生命遺跡」，只是卻付出了極其慘烈的代價，仍然無法進入該遺跡的外圍。也因此，蘇媚曾一度放棄了探索這處遺跡的意思，只是為何現在又要重啟探索計畫？

蘇媚沒有回答，而是繼續命令道：「派十位以上星界級執行者前往協助探索。並安排一百位星海級成員，分十個隊伍，歸於各個星界級執行者的名下。調用一批結合精靈技術的新式探險裝備與武器，給探險隊的每一個人。」

「妲己大人，但是那些新式裝備都還在試驗階段，安全性恐怕……」

蘇媚冷漠的掃了塔萊妮雅一眼，語氣有些嚴厲的說道：「妳只要按照我說的將命令轉達出去就行，至於那些裝備的安全性是研究部門要操心的事情，妳不需要多管。」

蘇媚突來的嚴厲讓塔萊妮雅有些忐忑，面對這位情緒風雲莫測的組織領導者，她果斷打消了建言的意思，忠誠的將蘇媚的命令一句不漏的記錄下來。

「此次探索遺跡的目的在於……激發遺跡的完全甦醒，我要看看完全甦醒的『生命遺跡』本來的型態。」

蘇媚忽然輕笑出聲，她驀然轉好的心情讓塔萊妮雅有些捉摸不定。

「將任務等級提至最高，這一次的報酬是最高任務的固定酬勞再乘十倍！」

塔萊妮雅因為蘇媚這一次的大方一驚，然而因為先前才被警告，所以她此刻沒有多提勸說，只是慎重的問了一句：「是每個人的酬勞都乘十倍嗎？」

「沒錯，每個人。」蘇媚肯定的給出答覆。

塔萊妮雅便將這段指示也一同寫入任務指示書裡頭。然後見蘇媚沒有其他條規或者要求，她便將完成的任務指示書傳給了蘇媚，請她再確認。等蘇媚確認完畢後，她再正式發布任務組織。

隨後，蘇媚沉默了一會，這才又恢復了本來的親切溫柔：「妮雅，這段時間我要在妳這叨擾。幫我在滄瀾城找個居住的地方吧，我想我會待上很長一段時間。」

「咦？」塔萊妮雅驚訝又忐忑的問道：「妲己大人是要視察組織在滄瀾城裡的運作情形嗎？」

「很久沒來視察這裡的運作情況了，而且正好那位永夜精靈王也在這，我想多找那位靈風殿下談談精靈技術的事情。」蘇媚巧妙的說了個謊言，隨後狀似不經意的提起了曾被塔萊妮雅稱讚過的兩位新加入成員。

「對了，妮雅的報告裡不是有提到那兩位幾年前加入的新人嗎？緋凰和蘭，對吧？順便安排那兩位女孩與我見面吧。反正閒著也是閒著，這一次的行程全當收攏人心囉。其他有哪些值得妳推薦的新成員，妳也一同幫我安排見面的時間吧。」

儘管蘇媚經常提出一些驚人要求，卻沒有這一次讓塔萊妮雅那般驚訝過。不過蘇媚的目的並不需要她去了解，她只要做好分內的工作就好。也因為塔萊妮雅的懂事與優良的執行力，她才能在競爭激烈的組織中，成為蘇媚器重的一員。

「對了，妮雅，妳喜歡那位鬼教官很多年了吧？現在忽然聽到他向某位女孩求婚的消息，妳有後悔愛慕他那麼多年嗎？」蘇媚忽然問道。

塔萊妮雅因蘇媚這突來的提問愣住了，不解為何一向不管屬下隱私的蘇媚為何會忽然關心她，但她還是回答了。

「……或許我一開始就知道結果了，只是不想承認自己不是那位能讓鬼教官駐留目光的女性而已。現在聽見他向君兒求婚的消息，心情是有點難受，但也有鬆了一口氣的感覺吧。」塔萊妮雅苦澀的笑著。

十多年前，當時擁有無數追求者的她，第一次遇上完全不將她看在眼裡的男性，於是她格外注意，最後在默默觀察中喜歡上了那個彷彿沒有誰能夠駐留心中的鬼教官。

當聽說對方有了一位慕戀的女孩以後，塔萊妮雅原以為自己會做出一些不理智的瘋狂行徑，但意外的，她只有一份心傷與釋懷解脫的感覺。

蘇媚依舊沒有看著塔萊妮雅，望著窗外的目光有著深沉。

「妳連鬼教官的真名都不知道，就這樣傻傻喜歡了他那麼多年？」蘇媚這句話帶有幾分責問與刁難的意思，也的確戳痛了塔萊妮雅的心，讓她面露哀傷。

塔萊妮雅微攏著垂落臉頰的髮絲，輕輕淺淺的回了一句：「女人……一生中總得傻過一回。」

蘇媚冷哼了聲，沒有接話，心中為塔萊妮雅的痴傻感到不滿，隨即又轉為了沉重的憤怒與氣惱。她還是堅持她原本的意思，那個毀滅他們蘇族的罪人是沒有資格得到幸福的！

而既然要破壞戰天穹所擁有的幸福，就要從他最深愛的「魔女」下手了……

這或許可能會導致戰天穹的暴走以及戰族與九天醉媚的全面開戰，但就蘇媚而言——能夠看到那彷彿誰也不在乎的戰天穹失控崩潰，便是她報仇一族血恨的最大功績了！

＊＊＊

溫暖的陽光灑落校園偏僻一角的公園路道。一對男女親密的手牽手，正朝著公園深處的野餐區前進。

儘管學院因為進入暑期而人煙稀少，戰天穹還是選擇了較少人前往的公園，和君兒在白日時享受難得的兩人時光。

兩人交握的手上，君兒左手無名指的戒指閃閃發亮著。上頭的裂痕被戰天穹用強大的星力硬是合攏，卻仍舊留下了一條痕跡。但哪怕這枚求婚戒指有了瑕疵，卻仍是戰天穹細心為她挑選的禮物，君兒絲毫不在意戒指主鑽上的那道深痕，她要以此作為宣告！

命運或許已經向她提出了警告，但她絕不會因此放棄超脫命運的願望。

而在戰天穹提著野餐籃的左手無名指上，也同樣戴上了一枚款式類似於君兒的戒指，設計卻更是大氣粗獷、主鑽為紅鑽的男戒。這也是戰天穹對自己和君兒關係的一種正式表現——在做出求婚決定的那時，他也不再打算掩飾他和君兒互為未婚夫妻的身分。

今天的戰天穹難得穿上了休閒的裝束，脫下了那身代表教官身分的長斗篷，多少讓他感覺放下了一直在身的責任，令他的神情看起來輕鬆許多；君兒則是穿著一襲淡色的連身長裙，為她多添了幾分女人味，也因為戰天穹難得的放鬆心情，君兒的表情也感到了輕鬆。

這也是他們第一次在白晝時，以這樣光明正大的形式進行的第一場約會。

「這是我們第一次單獨兩人的野餐吧？」戰天穹對著身旁滿心喜悅的少女如是說著。他看著雀躍的君兒，不由得心情也跟著柔和。

許久沒有這樣深切的感覺溫暖陽光灑在身上的感受，這讓戰天穹有些感慨。過去他總是匆忙，生活除了公事以外就是修煉，不願意將時間浪費在休閒上頭。但在遇見君兒以後，他在她的溫柔之下放鬆了戒備，漸漸能夠享受這些過去被他忽略許久的美好。

「嗯，第一次哦。天穹也很久沒有放自己假，這樣輕鬆自在的出來休閒了吧？」君兒溫柔可人的笑著，微彎成月牙狀的眼在在顯示她的愉悅心情。光是戰天穹願意放下繁忙的公事陪她出來休閒野餐，這一點就足夠讓她開心很長一段時間了。

「……應該說，從我有記憶以來，就不曾這麼放鬆過，更別提輕鬆野餐的經驗。」說到此，戰天穹心情不由得感到沉重，隨後他甩開過去記憶的鬱結，對著君兒微笑道：「所以我很期待這一次和妳的約會。」

君兒沒有忽略戰天穹那一瞬間的情緒波動，應該是戰天穹又想起了那個陰暗的過去。她沒有多加追問，只是提起了自己的事情。

「以前爺爺還在的時候，儘管過得忙碌又貧窮，但偶爾我們還是會帶上一條用了很久的布巾當作野餐巾，親手做一些簡單的小料理去貧民區河邊的草地上野餐呢……現在想起來，那段時間是我小時候最快樂的時光了。沒想到現在還有機會可以野餐……就是我待在星盜團裡有段時間沒有做菜了，不曉得料理的手藝有沒有生疏。」君兒有些靦腆的說著，低頭看了戰天穹提在左手上的提籃一眼，頰畔浮現一縷紅霞。

戰天穹沒有答話，只是嘴角揚了揚，決定等會用行動表示他對君兒料理的支持。

兩人最後來到學院偏僻區域的公園裡頭，在一處有著涼爽樹蔭的寬敞草地上鋪上野餐巾，兩人並肩而坐，開始享用君兒忙了一上午的料理成果。

就在此時，戰天穹忽然接到了羅剎的通訊請求。他皺了皺眉，懊惱為何明明決定要放自己幾天假，卻仍將通訊卡片帶在身上的這件事。或許他下意識依舊在意著工作的事情。

只是羅剎為何會忽然聯繫自己？明明警告過戰龍和他，非必要絕對不要聯絡他的。

戰天穹最後冷漠的望了自己的通訊卡片一眼，果斷的選擇了拒絕聯繫。

「怎麼了嗎？」君兒手腳俐落的將野餐籃中的餐點一一拿出，見戰天穹看著通訊卡片皺眉的畫面，不由得關心問道。

「沒事……」戰天穹再次皺眉，僅因羅剎第二次發送來了通訊請求拒絕。

羅剎再一次發送通訊請求。

「……」戰天穹眉眼染上幾分戾色。

然後，當不知道第幾次的通訊請求傳來，戰天穹終於選擇了「同意」，張口便是冷冽的警告。

「羅剎，如果不是什麼大事你還來打擾我的話，我不介意我們最近來場『友好切磋』。」

「……呃，那我長話短說。蘇媚那女人來了，還提到了『魔女』。雖然她這一次主要是來和靈風討論精靈技術的事情，但你們小心一點，我想她不會那麼早離開滄瀾城。」羅剎警告的話語自通訊卡片傳了出來，讓戰天穹本來還有些慵懶的坐姿瞬間立直。

戰天穹語氣嚴肅，「蘇媚來了？」邊說，他邊憂慮的看了君兒一眼。

羅剎擔憂的說道：「嗯，我懷疑她這一次來的目的是針對君兒的，所以，君兒妳這段時間最好不要離開學院的範圍，我擔心那女人有什麼計謀。」

君兒一臉訝異，但聽羅剎語氣慎重，她也肯定的給出答覆：「我不會離開學院的。」

「好了，我只是要提醒你們這件事。我本來還想著霸鬼不接我聯繫的話，我就要瞬間傳送過去了。那就不打擾你們約會了……嗚嗚，君兒我也想吃妳親手做的料——」

還沒等羅剎說完，戰天穹直接中斷了聯繫。他盯著自己手上的通訊卡片一眼，隨後嚴肅的對著君兒說道：「君兒，答應我，無論如何都不要離開學院範圍。」

儘管方才已經答應過羅剎一次了，但面對難掩凝重情緒的戰天穹，君兒還是再一次的肯定點頭。

「蘇媚那女人果然盯上了『魔女』嗎？我想她可能多少從我們的關係猜出妳是魔女的這件事了……得小心點才行，那女人從以前就對我抱有極大的仇恨，但因為無法與我正面為敵，所以一直針對戰族和與我有關的人動些手腳，是個城府很深的女人……我之後會和羅剎一同離開，前往魔陣噬魂的所在，無法在妳身邊保護妳，君兒妳要小心。」

說到這，戰天穹才忽然記起君兒似乎不知道「蘇媚」是誰，這才略微解釋了一番蘇媚的身分。

君兒在知道盯上自己的那位名喚蘇媚的女子竟然是人類守護神之一的「魅神妲己」以後，面露愕然。

「又是為了『魔女』……」君兒笑得有些苦澀，對於那個名頭以及「魅神妲己」對她的好奇而覺得有些無奈。雖然知道會有人盯上魔女以及魔女擁有的力量，但沒想盯上她的人那麼有來頭。

「別擔心，蘇媚雖然對魔女感到好奇，但目前她還不敢明目張膽的對妳下手。除非，她想要承受我、戰龍還有羅剎的怒火。」戰天穹收妥了通訊卡片，臉上只有不懼蘇媚計謀的沉穩，只是當他一想到自己之後必須離開，心裡還是不禁浮現幾分擔憂。

「嗯。」君兒微微一笑。她相信只要自己待在學院裡就安全了，畢竟這裡可是羅剎的神陣本體所在，哪怕羅剎暫時離開，只有要任何存在闖入他都能夠感知得到，並在第一時間做出適當反應。

「天穹不用擔心我，不是還有戰龍、靈風跟老大在嗎？今天你難得休息，就別想那些煩心事了。要喝茶嗎？」君兒帶開話題，就是不想戰天穹難得決定休息的時間還要為了那些事情操煩。

「好。」聞言，戰天穹也放鬆了臉上的嚴肅，忘掉那些煩心、擾人的事情，專心享受起這難得的兩人時光。

＊＊＊

結束了與蘭等人的一頓午餐以後，卡爾斯沒打算跟著幾人的行程繼續遊玩，而是憑著羅剎特別為他安排的通行卡，回到了學院中心的白色巨塔。

只是當他一走進羅剎的辦公室，就因為辦公室裡頭的嚴肅氣氛面露訝異。

「幹嘛？不會老大我才離開一下，你們就相思成疾吧？老大我可是會很不好意思的哦。」卡爾斯調侃出聲，惹來另外三人的白眼。

「老大你少來，是因為剛才有位大美女來拜訪，讓另外兩位男士心神恍惚而已。」靈風揉了揉眉心，方才他被蘇媚抓住談了兩個小時的公事，好不容易回復的精神再度感到疲倦。果然是個難對付的女人，明明是在討論精靈技術的問題，她總會不經意的將話題帶到讓她最感興趣的議題上，這使得他跟她談話時必須提起百分之百的注意力，才不會一個不慎被她套出事實來。

戰龍「呿」了一聲，一臉鄙視的說道：「蘇媚那女人算美女嗎？我看蛇蠍妖女還差不多！」

靈風回以驚愕一眼，不解的反問戰龍：「如果『魅神妲己』不算你們人類口中的美女的話，那我想這個世界沒有美女了吧？」

羅剎無言的揉揉眉心，很是無奈的回道：「不要理戰龍那傢伙，他對『美女』的定義不在於外表……別懷疑，這大老粗對『美女』的定義完全是看內在。意想不到吧？」

對此，靈風表露震驚。

「真想不到……我以為戰龍先生也跟普通男人一樣是外貌協會的成員？」

卡爾斯扯了扯嘴，語帶戲謔的回道：「很遺憾，戰龍真的就是這樣的怪人……」

「喂，你們要談論我，也請在我不在的時候談好嗎？」戰龍面露不耐，劍眉緊鎖。「蘇媚只不過是個空有皮相卻內心險惡的女人，她哪能配得上『美女』一詞？真正的美女應該是由內到外的美麗，而不是只侷限於外表的空泛。」

「哦？真難得戰龍先生竟然能發表如此精闢的言論……那不知怎麼樣的女子對你來說才算得上美女呢？」靈風揚了揚嘴角，好奇的打探道。

羅剎掃了戰龍一眼，不懷好意的回道：「是像君兒的責任教官，塔萊妮雅那樣的女子，才是戰龍心目中的理想美女吧？」

戰龍這時尷尬的嗆咳了聲：「這是我的私事，我有權不回答！」

他趕緊轉移話題，趁著卡爾斯也在場的時候，詳細談起了蘇媚方才的出現以及經過。再提及因為他和羅剎之後不得不離開學院，所以想請卡爾斯多駐留學院一段時間，和靈風一起保護君兒。

「放心，我想我可能得在學院待上一段時間了。」

卡爾斯困擾的抓亂了自己一頭金髮，苦悶說道：「說到這件事，我今天才被小羽毛的表姐逼婚呢……雖然我沒打算那麼早娶小羽毛，因為她現在還太弱小，我暫且不能向世人公開她身為我冥王星盜女人的這件事。但為了應付蘭，我還是答應她辦一場簡單的訂婚禮。」

「哦?被逼婚啦。」靈風一臉同情的看著卡爾斯。「老大，先恭喜你啦。蘭感覺上是個很不好搞定的長姐呢。」

卡爾斯無奈的嘆了口氣，坐到了靈風對面的沙發上。

此時，卡爾斯從蘇媚的到來，聯想到與君兒關係密切卻身為九天醉媚成員的那些朋友，他忽然說道：「你們就不擔心蘇媚那女人會從緋凰她們那邊下手嗎?」

卡爾斯已經從靈風口中得知蘭等人已然知曉君兒魔女身分的消息，他能相信蘭等人不會洩漏君兒的身分，卻擔心與九天醉媚牽扯過多的她們會無意被人套話。

聞言，在場另外三人不約而同的皺起眉來。

「……有這個可能性。」羅剎的眼神變得極其銳利，他知道君兒已經向緋凰與蘭坦承她的身分，就是不曉得這兩位君兒的朋友，是否會為了利益而出賣她們的好友呢?

「需要觀察……」靈風臉龐也染上嚴肅。「我比較擔心蘭，她的個性比較直接；但這段時間她始終沒有將君兒的魔女身分洩漏出去，希望她也能繼續保持下去。」

羅剎只覺得頭大，埋怨出聲：「麻煩，怎麼那麼多棘手的事情？這樣我和霸鬼怎能安心的離開？如果不是考慮到霸鬼跟魔陣噬魂本體融合時，可能會有力量外洩失控對外界造成破壞的情況發生，再加上魔陣噬魂當時是由我親手封印的，我不得不去解開封印，不然我其實比較想留在學院照顧君兒。」

「沒辦法，畢竟除了你之外，沒有人能壓制得住魔陣噬魂了。而且如果我老爹在取回力量的過程中失控了的話，也只有你擁有能夠正面和我老爹對抗的力量。就連我也沒辦法代替你的工作。就算我已經進入星域級很久了，但終究不是老爹的對手……」戰龍長長嘆息了聲，一臉焦躁煩悶。

「X的！一堆鳥事。」卡爾斯咒罵出聲，引來在場眾人的共鳴。

Chapter 131

上位者的虛偽

這天，因為蘭和緋凰另有要事，所以紫羽難得被允許回到卡爾斯身邊。

蘭將紫羽送到了學院中心的高塔門口，看著她被卡爾斯接走，滿是遺憾。

「為什麼塔萊妮雅教官不讓我們帶紫羽一起去見她呢？明明她和紫羽已經見過面了，也很喜歡紫羽的說。」蘭苦悶的看著闔上的高塔大門，不解的開口提出質疑。

緋凰拍了拍蘭的肩膀，示意要她不要多想。

「別想太多，塔萊妮雅教官既然這樣指示，就表示要和我們談論組織內部的事情。就算妳有意願要讓紫羽加入組織，但現在紫羽終究不是組織的人，很多事情必須迴避她。」

「真希望紫羽也能加入組織。如果她沒有和卡爾斯在一起就好了，這樣紫羽就不用顧慮他了。」蘭語出埋怨，卻讓緋凰無奈的看了她一眼。

緋凰嘆道：「蘭，我知道妳很不喜歡卡爾斯，但這畢竟是紫羽自己的選擇，妳總不能不顧慮紫羽的想法吧？」她目光閃了閃，不經意的壓低了聲音說道：「而且，紫羽那時的警告雖然沒有說出口，但我想一定是我們身處的組織有什麼問題，而且，還可能跟君兒有關……」

「嗯？又和君兒有什麼關係了？」蘭不解的開口。

「這點我也覺得很奇怪。我之前注意到，學院裡的其他組織成員，似乎在監控君兒的一舉一動，奇怪的是我們兩人沒有接到類似的任務提醒，就好像將我們排除在外一樣。」

比起緋凰的懷疑，蘭倒是以為那純粹只是因為君兒擁有罕見的符文凝武技巧，所以才得到組織重視而被重點觀察罷了。

「緋凰妳想太多了，組織對我們不好嗎？妳不要受到卡爾斯他們的影響了。我才不相信組織會有什麼問題！」蘭駁斥道，不相信組織對她們存有別的意圖。

「蘭，妳連紫羽的警告都不相信嗎？」緋凰皺了皺眉，警告出聲。

蘭一愣，卻是不悅的別過頭去。「誰知道究竟是怎麼一回事！紫羽又沒告訴我們理由，搞不好是卡爾斯要她這樣說的也不一定！」

她又將罪過怪到卡爾斯身上，由此見得她對卡爾斯的不滿。

「卡爾斯一直不肯告訴我們他的工作跟所屬的星團，到底是為了什麼？也許根本不是什麼了不起的工作。搞不好他就是因為自卑才不願意告訴我們他的工作呢！」

蘭冷嘲熱諷的說道，聽得走在緋凰身旁的阿薩特微微變了臉色。

阿薩特難得插了句話，語氣嚴肅的說道：「我不認為卡爾斯背後的組織遜於九天醉媚，他談起九天醉媚的態度時帶上了一點……傲氣，就好像他所在的組織與九天醉媚不相上下一樣。這段時間，我也接觸過其他組織的人，有的人聽到我們組織之後會露出忌憚的神態，然而卡爾斯卻不是，他的態度更像是不將我們放在眼中，所以我猜想可能因為他的身分具有保密性，所以不方便對我們開口。」

「我認同哥哥的話，蘭妳不要太小看其他人了，九天醉媚雖然在遺跡探索這個領域是位於巔峰的組織，但新界還有很多足以與九天醉媚抗衡的組織，搞不好卡爾斯就是其中一員也說不一定。」緋凰接著說道，對蘭這樣先入為主的低看卡爾斯有些無言。

「你們盡替卡爾斯說些好話……」接收到緋凰警告瞪視，蘭才跟著改口：「好啦，不提了，我不會再說卡爾斯的壞話總行了吧？我不過只是擔心紫羽的未來，多操煩一些不行嗎？」

「我只是希望妳看事情不要只看表面。」緋凰淡淡的說道，對蘭這樣的個性頗是無奈。但誰叫蘭是她的朋友呢？她只能盡可能的提醒她，不讓她有機會犯下大錯。

三人之間遽然剩下尷尬的沉默，彼此並肩離開了學院。

然而，蘭在這時忽然提起了別件事情。

「好奇怪，為什麼塔萊妮雅教官這一次要約我們在學院外的餐廳見面呢？以前都是在教官辦公室和我們商談事情的。」

對此，緋凰也是不解。「或許因為這一次也有其他組織成員需要參與會議，不方便在塔萊妮雅教官的辦公室談論吧？」

三人最後來到了滄瀾城中一間富麗堂皇的餐廳前。由於塔萊妮雅只指名要見緋凰和蘭，於是阿薩特便和她們兩人道別，獨自離開。

侍者帶著緋凰兩人來到了最頂層的高級包廂，蘭一臉震驚好奇的四處打量，華麗的建築內裝、精緻的符文製品，這是她第一次進入這間以豪華與尊貴聞名的高級餐廳，自然是要大飽眼福一番。

然而緋凰卻有些困惑——塔萊妮雅是個專心一致在工作上的女子，對於享受一事沒有特別執著，為什麼這次會一反常態的邀請她們來這種花費昂貴的餐廳會面？

……莫非，是有什麼大人物來了嗎？

邊這樣想著，侍者已經帶領她們來到一扇雕刻精緻的包廂大門旁，拿著一只小鎚敲響了來客提醒的小鐘。這種仿古式通報來客的風格是這間餐廳的特色，蘭在一旁看得新奇。

這時，包廂大門打開了，塔萊妮雅的聲音自門縫裡傳了出來。

「進來吧。」

侍者服務態度極佳的為緋凰兩人拉開了包廂大門，在緋凰和蘭兩人進入包廂以後，輕輕的帶上大門。

塔萊妮雅對著兩人笑了笑，隨後指引兩人往包廂內部走了過去。

「塔萊妮雅教官，組織又有新任務下達了嗎？」蘭開朗的打著招呼，臉上的笑容卻在看到了包廂內部一張華美沙發上坐著的絕美女子而瞬間僵硬。

緋凰更是倒抽了口氣，一臉震驚。

蘇媚的容貌曾不只一次出現在新聞中，這讓蘭和緋凰瞬間就認出了眼前這位絕豔美麗的女子身分──人類守護神之一「魅神妲己」，同時也是九天醉媚的最高領導人！

「魅神妲己……」緋凰愕然的喃喃低語，沒想到會這麼突然的遇見組織的最高領導人。她昔日的沉穩沉著在氣勢優雅大方的蘇媚面前，被緊張與忐忑取代。

蘭則極度的驚喜，一時間竟舉步不前，有些手忙腳亂的重重掐了自己大腿一把，隨後又對著緋凰的手臂一掐，然後驚呼出聲：「緋凰，我會痛欸，這不是夢！我看到我的偶像『魅神妲己』了啦！」

緋凰被掐得疼得回過神來，尷尬的拉了拉蘭的袖子，要她不要這樣激動……很丟人的呀！

蘇媚饒有興致的打量兩人，然後淡淡的說了一句：「坐。」

簡潔又充滿氣勢的一個單字，讓緋凰和蘭下意識的做出反應。兩人一前一後的來到蘇媚另一端的柔軟沙發上落坐，挺直腰背，大氣都不敢喘。

緋凰在坐下以後，才驚覺自己被對方的氣場壓制，不經意的做出順從對方的舉止。好可怕，這就是守護神給人的感覺嗎？緋凰在感覺壓抑之餘，也同時心生不服輸的心態。

蘭在面對自己心目中的偶像，表現出如同尋常人一樣的侷促與靦腆，她一直傻呼呼的笑著，渾身緊張的發抖。

蘇媚看著這樣的蘭，臉上優雅的笑容不變，就是眼裡閃過了一絲輕視——這樣的人她看過太多太多。若不是為了向兩位女孩打聽那位「魔女」的消息，她根本不屑放低身段來會見兩人。

可惜，蘇媚太擅長於掩飾情緒，以至於連緋凰都沒能注意到她眼中一閃而逝的輕蔑。

緋凰很快就冷靜了下來，思緒輪轉。為何「魅神妲己」會出現在這？而且看樣子似乎是為了與她們兩人單獨會面……她可不認為自己和蘭有什麼值得「魅神妲己」關注的地方，那麼，唯一的可能性就是為了君兒的事情而來……

這個猜想才方掠過心頭，緋凰的心再一次加快了跳動的速度，全然是因為緊張。她焦躁的看了蘭一眼，對她那樣痴迷又敬仰的態度感到不安。

蘇媚輕笑了兩聲，語氣溫柔的說道：「好了，兩位小姐妳們不用擔心，這一次找妳們獨自會面，是因為塔萊妮雅一直向我推薦兩位，而且妳們在組織中的評鑑也不錯。我難得有空來到滄瀾學院，照慣例會與該區負責人特別推薦的潛力新人見面。」

聞言，蘭臉上浮現驚喜，真是信了蘇媚這番虛偽的話語。

緋凰臉上有著緊張，卻是試圖掩飾自己內心的不安。她知道自己不能表現的太過獨特，不然很有可能會引來蘇媚的懷疑。君兒的身分牽扯過大，就怕「魅神妲己」的目標如同她所猜測的那樣。

蘇媚沒有忽略緋凰眼裡隱隱的戒備與閃爍的眼神，頓時嫣然一笑，那瞬間綻放的風華連女人都為之迷醉。

儘管這段時間見過不少各有特色的女子，這卻是緋凰第一次被同為女子的對象給魅惑。只是她隨後想起了君兒當時在「永夜之境」，背對她們前行的那道堅定背影，心中的動搖瞬間停了下來，自蘇媚與生俱來的魅力中回過神。

「哦？心性不錯，妳是緋凰對吧？」蘇媚笑盈盈的看著自痴迷中回復神智的緋凰，彎起了一抹欣賞的笑意。

「……我是。」緋凰慎重緊張的點頭。

蘇媚微微傾身，紫眸玩味的打量著緋凰，看得緋凰忍不住有些大汗淋漓。

良久後，蘇媚才說：「兩位不錯，以後可要好好努力囉，我很期待將來組織又會多了兩位與妮雅不相上下的得意助手。」

緋凰一愣，後知後覺的了解蘇媚口中的「妮雅」其實就是塔萊妮雅。她的眼角餘光注意到了塔萊妮雅不知何時已然離開包廂，似乎去了別間房間，留下她們三人。

「謝謝。」儘管被稱讚，但緋凰絲毫沒有感覺到驚喜和感動，反而覺得危險……這位五大守護神之中唯一的女性，比起她曾經見過的「陣神滄瀾」與「戰神龍帝」還更加可怕。後兩位男性從來不會運用手段與心機，但眼前這位「魅神妲己」顯然極為擅長操弄人心。

「嘿嘿……被『魅神妲己』稱讚了，我這輩子值得了！以後我會好好為組織奉獻一己之力的！」相較於緋凰的沉穩，蘭倒是一臉激動的高聲應答，似乎就想將自己的一切全都奉獻給她心目中的偶像一樣。

蘇媚輕笑出聲，向兩人問起了一些再尋常不過的話題，似如一位長輩在關心後輩的生活與成長一樣。

緋凰小心的斟酌語詞答覆。然而蘭一心想要讓偶像對自己印象深刻，經常會說出一些太超過的語詞來。

蘇媚一直保持著微笑傾聽她們的回答，沒有因為蘭的逾矩而有所變化，展現了無與倫比的耐心。但蘇媚越是表現的溫和，緋凰心中的不安也越深，她甚至還扯了扯蘭的袖子，就怕她說出一些不該說出口的秘密。

「蘭，妳太沒禮貌了。」最後，緋凰有些不耐的小聲警告了蘭一句，卻是換來蘭的白眼。她不聽警告，依然故我。

然後，蘭終於在蘇媚有意的引導下，提起了君兒的事情。

看著蘇媚瞬間深沉的眼眸，緋凰的心敲響了警鐘，越發的驚慌了起來。

果然，「魅神妲己」的目標是君兒嗎？雖然制止蘭很有可能得罪「魅神妲己」，但她們絕對不能暴露君兒的身分，哪怕「魅神妲己」早就明白也不行！

就像昔日慕容吟利用紫羽來打擊君兒一樣，她們這兩位君兒重要的友人，很有可能成為被利用來對付君兒的工具！

蘇媚微笑說道：「君兒是那位擁有『符文凝武技巧』的女孩對吧？我有收到相關的資料，對那個女孩子很有興趣，妳們能和我多說說她的事情嗎？」

「好啊！君兒和我們一樣是皇甫世家的大小姐……」反正組織都知道她們是皇甫世家的女孩子了，提到這點沒關係吧？蘭邊這樣想著，邊將她們與君兒的相遇說了出來。

緋凰無語，蘭這性格就是這樣；但為了避免蘭提到太多君兒的事情，緋凰開始適時的打斷蘭的話，由她接過談話權，有效的掌控關於君兒資訊的流出。

蘇媚邊聽，眼眸閃了閃，沒有忽略緋凰語中的隱藏。這讓她的嘴角微揚，卻還是安靜的傾聽。

「……大概就是這樣了。」緋凰的說明終於告了一段落，但心中大石仍未放落，僅因蘇媚嘴邊的那抹笑容，不知為何讓她感覺不寒而慄。明明沒有透露出什麼訊息，為什麼她卻覺得「魅神姐己」早已明白一切似的？

「好，我知道了，那位君兒真是個堅強的女孩。妳們邀請過她加入組織了嗎？可以的話，我希望將邀請她加入組織的這件事交給妳們……哦，對了，蘭那位表妹擁有的駭客才能也是我們組織需要的，妳們也可以嘗試邀請她加入。我很看好妳們唷。」

蘇媚對著兩位少女又鼓勵了一番，這才輕輕一拍手心，要塔萊妮雅從另外一間房間進來。

「好好招待我們兩位新人。妮雅辛苦囉。」說完，蘇媚便以公事為由進到別間房間忙碌，留下塔萊妮雅招待兩人。

蘭因為蘇媚的離開而有些失望。「糟糕，忘了請妲己大人幫我簽名了。」

緋凰白了她一眼，果斷的拒絕塔萊妮雅的招待，強硬的拖著蘭離開，絲毫不願多待一會。

「塔萊妮雅教官，抱歉我忽然想到我們還有事，先走一步了——」

隨著房門掩起，塔萊妮雅的目光閃了閃。方才，妲己大人到底和小緋她們說了什麼呢？

儘管隱約知道是與君兒有關的事情，但蘇媚沒有明說，她也不敢多問，只是兀自在心中思索著。

Chapter 132

裂痕

「緋凰妳幹嘛啦？好不容易能見到『魅神妲己』，妳知道這是多麼千載難得的機會嗎？要知道外面的人根本無緣見到『魅神妲己』的真容，我們有幸能與她談話，並且得到她的讚賞與肯定，是多麼榮耀的一件事，妳是在緊張什麼？」

蘭一臉氣惱的甩開緋凰扯著自己的手，只是一瞬間她的情緒又變得激動起來。「天啊，我竟然能夠和我最崇拜的守護神見面，真是太好了。妲己大人真的就跟電視上那樣的美麗親切呢。」

緋凰緊顰的黛眉沒有鬆開，她再次拉住蘭，強硬的拖著她回到了滄瀾學院裡頭。或許對緋凰來說，有羅剎守護的學院才是安全的地方。

「蘭，我肯定『魅神妲己』的目標是君兒了，也大概明白紫羽之前的警告可能就是在提醒我們這件事。」緋凰一臉嚴肅的說道，惹得蘭面色狐疑。

「緋凰，妳該不會嚇傻了吧？『魅神妲己』怎麼可能對君兒有興趣……呃……」猛然想起君兒的真實身分，蘭忽然臉色僵了僵。她小心張望四周，附耳在緋凰耳邊問道：「該不會，是因為君兒身分的緣故吧？」

緋凰為終於從花痴狀態脫離的蘭再一次嘆息。

「妳知道為什麼後來我要打岔，接過談話權嗎？」緋凰看著蘭一眼，眼神只有無盡的失望與寒冷。「因為妲己大人的目標很明確——她引誘妳提起君兒的話題，然後不停想要了解君兒的事情；妳可不要以為她只是單純的想要認識擁有『符文凝武技巧』的君兒。」

緋凰帶著蘭走到校園的偏僻一處，壓低聲音說道：「要知道，守護神之間應該彼此都互相知道身分的，那麼相信妲己大人應該也很清楚鬼教官的身分才對……再根據幾年前的魔女謠言推論，守護神們應該都知道出現在鬼教官身邊的君兒就是『魔女』才對。」

「替組織工作兩年，妳應該也知道我們的組織主要是在探索古遺跡，但組織為什麼要不停的挖掘古遺跡？妳我都曾看過一些組織內部的資料，知道組織一直在追查的那個蝴蝶圖騰，跟君兒小腹上的印記很相似吧？我想組織搞不好有針對『魔女』在進行一些秘密的研究……」

「蘭，妳現在知道為什麼我剛剛要阻止妳了嗎？我就怕妳一時不注意，把君兒的身分洩漏了出去。」緋凰嚴肅的提醒，就是不想蘭一再犯錯。

豈知，蘭皺了皺眉，卻不認為她崇拜的偶像會傷害君兒。

「那妲己大人應該早就知道君兒的身分了，為什麼還要這樣大費周章透過我們來詢問君兒的事情？問塔萊妮雅教官不是更快嗎？而且，妲己大人最後也說了，希望我們可以說服君兒加入組織呢！妳不覺得被委託這樣重任是件很棒的事情嗎？雖然君兒拒絕過我們，但我相信，只要再努力，君兒一定會被我說服的！」

緋凰沉默了，儘管她過去經常因為蘭的不識時務很頭疼，但這是她第一次對自己的朋友感覺心冷……是的，心冷。

蘭似乎不覺得這樣的狀況對君兒來說有多危險，但她可是深切的感覺到「魅神妲己」對君兒的目的並不僅僅只是希望君兒加入組織，而是懷抱著某種令人顫慄的計謀。身為一位同樣頗有心機的女子，緋凰相信自己那無來由的直覺。

「緋凰，妳看，既然妲己大人都那麼說了，那麼君兒和紫羽只要加入我們的組織，我們一定會被當成精英重點培養的！能夠為『魅神妲己』服務是我一生的夢想啊！」蘭一臉驕傲，眼神燦亮，絲毫沒有注意友人冷若寒冰的目光。

蘭最後問道：「緋凰，我們再邀請看看君兒吧？」

「蘭，我想退出組織了。」

緋凰的表情變得憔悴，她語氣有些疲倦的說道，讓蘭一臉震驚的看著她，不敢相信那汲汲於權勢的緋凰竟然會放棄提升職位的大好機會。

「緋凰，妳瘋了！」蘭驚呼出聲。

緋凰一臉倦意，眼神不再如往常那般充滿光彩。

「我沒瘋。以前我總想著可以爬到更高的層次，但我並不只是單純的想要掌權，而是希望權力可以成為我保護朋友們的力量。可今天……我覺得待在組織裡只會對我的朋友造成危害，所以……」

「妳想太多了。緋凰妳應該要想，君兒加入組織，能夠更好的發揮她的才能，也能夠得到保護啊！」蘭急著想要勸說緋凰，然而緋凰卻無動於衷。

「有鬼教官和校長保護君兒還不夠嗎？蘭妳不要再想邀請君兒和紫羽加入組織的事情了。」緋凰打斷了蘭的話，最後警告了一句，然後深深的看了蘭一眼，無奈又失望，隨後轉身離開，竟是不理會蘭了。

蘭連喊了幾聲緋凰的名字，緋凰都沒有再回過頭。

直到緋凰走遠，她才一臉氣憤的直跺腳。

「搞什麼啦！緋凰都不懂我的想法。之前明明就是妳要追求權勢的，怎麼搞到最後剩我自己一個人努力了？」蘭先是抱怨，隨後自言自語道：「我不認為妲己大人是壞人啊，她可是很多女生崇拜的對象耶！強悍又美麗……那是我所嚮往的特質……組織也很有心要栽培我們，相信只要我們成長起來，就能保護彼此了吧？緋凰是個大笨蛋！」

想起緋凰先前那抹失望的眼神，蘭心中一氣，「哼，反正緋凰一定是不相信我能夠說服君兒和紫羽吧？我就做給妳看！」

蘭轉身朝學院外的方向走了過去，卻是與緋凰背道而馳。

因為意見不合，這段時間一直互相扶持的兩位朋友也因此產生了裂痕……

緋凰邊走，邊拿出通訊卡片聯繫上了君兒。

「君兒，等等去找妳好嗎？」

「怎麼了嗎？緋凰妳不是和蘭去找塔萊妮雅教官了？」君兒疑問的聲音自通訊卡片傳了出來。

「談完了，只是有件事我想跟妳談談。對了君兒，鬼先生也在嗎？」

「嗯，在啊。緋凰妳直接來羅剎的高塔吧，我們等等見。」

結束了聯繫，緋凰又回頭看了蘭離開的方向一眼。

過去，她們一起在皇甫世家共同勉勵彼此，互相協助對方，那時候儘管偶爾還是會起衝突，卻從來不像這次一樣。

蘭的天真遲早會為她們惹上麻煩的。

輕輕一嘆，緋凰快步往高塔前進。

＊＊＊

高塔的大門敞開，君兒獨自來到高塔底層迎接緋凰。

她看著緋凰獨自一人前來，臉色又不怎麼好，不由得關心問道：「緋凰，我看妳氣色很差，到底發生什麼事情了？」

「等見到鬼先生再談。」緋凰一臉凝重，拉著君兒走進高塔。

兩人很快就來到羅剎的辦公室。

靈風今天去別處忙碌，不在辦公室裡頭；戰龍在一旁和卡爾斯鬥嘴，顯然手邊的公事已經告一段落；至於羅剎，則是和秘書雪薇在討論下學期的新課表；戰天穹沉默的坐在沙發上，聽著友人互相調侃，臉上有著淡淡的笑意。

當君兒帶著緋凰回來，和卡爾斯膩在一塊的紫羽沒見到自己的表姐，忍不住問道：「緋凰，蘭呢？」

緋凰眼神黯了黯，露出一抹苦笑，回道：「……我不知道。」

隨後她神情一肅，對著在場與君兒息息相關的眾人坦承的說道：「我剛才和蘭去見塔萊妮雅，然後……我們還見到『魅神妲己』了。」

聞言，辦公室裡頭本來愉悅輕鬆的氣氛頓時轉為壓抑。

戰龍和卡爾斯停下對彼此的調侃，羅剎猛地從辦公桌前抬起頭來，就連戰天穹也都皺起了眉心。大家都等著緋凰繼續說下去。

同時面對幾位人類強者的注視，緋凰幾次張口都愣是說不出一句話來。

這時，雪薇忽然出聲道：「羅剎大人，我先迴避。」

然而，這一次不同以往，羅剎擺手制止了她，說道：「沒事。有些事情也差不多該讓妳知道了。」

羅剎沒注意到當他這樣說時，雪薇眼中瞬間閃過的光亮。雪薇隨後暫停了本來的工作，恭敬的立到了羅剎斜後方。

也因為雪薇的打岔，緋凰才終於喘了口氣。她平息了自己焦躁的心情，將方才與「魅神妲己」

的談話全都說了出來。

在場眾人的表情變得越發凝重與嚴肅了起來。

「我靠！我就說那妖女不存好心！」戰龍最為激動，猛地站起身來破口大罵。

「所以，蘭呢？她不會又去找蘇媚那女人了吧？」卡爾斯冷冷的問著——他已經忍耐蘭很久了，竟不知道那女人可以蠢成這樣！

紫羽緊張的抓著卡爾斯的衣袖，深怕他隱忍不住脾氣。只是，她也覺得蘭這一次有些過火了。她知道蘭很崇拜「魅神妲己」，卻不知道竟會誇張到這種程度。要是蘭將君兒的秘密洩漏出去……

羅剎也是一臉冰冷。他抬手繪製了符文法陣，啟動了追蹤學生身分卡的功能，查到了蘭跑到滄瀾城外的一間餐廳裡頭大吃大喝。這本來是為了保護學生而設定的功能，一般來說不會特別啟動，沒想到現在竟然派上了用場。

這樣的結果讓君兒、紫羽和緋凰稍微鬆了一口氣。

「君兒，我很抱歉沒能阻止蘭。現在依她的個性，八成會因為我的不幫忙而倔強的決定以一己之力，完成『魅神妲己』交付的邀請任務吧。」緋凰頭疼的說道。

「放心，我是不會加入九天醉媚的。」君兒笑了笑。她相信她的意志比蘭堅定許多，蘭在幾次碰壁以後，應該會放棄邀請她加入組織的打算，只是……

君兒看向了紫羽，臉上的笑意微斂。「紫羽，我之前就拒絕過蘭加入九天醉媚，她可能會看在妳跟她最親近的分上再度邀請妳。我知道因為老大的關係，所以妳也不會加入九天醉媚，但可以的話也勸勸蘭吧，不要讓她這樣橫衝直撞下去。」

紫羽認真的點點頭，因為緊張而眼眶帶淚。

「哼，在離開學院之前我會跟在小羽毛身邊，那個蘭若是敢再開口邀請，我就直接向她坦承我的星盜身分好了！」卡爾斯冷冷的說道。

然而他說出來的話卻讓緋凰一驚。

緋凰忽然明白了卡爾斯的傲氣何來——原來他竟是名星盜！而且很有可能是排行靠前的星盜團成員，不然怎能如此肆無忌憚？

「爹……呃，我說，鬼先生，要不要我去給那妖女一個警告？」戰龍神情猙獰，還不忘揮了揮自己的拳頭。

戰天穹冷靜的搖頭，沉聲說道：「目前不要輕舉妄動。現在可以確定蘇媚的目標確實是君兒。只是君兒身處滄瀾學院，她沒辦法下手，畢竟這裡可是羅剎的地盤。未來的異族戰爭還需要用上蘇媚的力量，暫時就先放過她，不要與她正面衝突造成人類世界的動盪。過段時間，我會親自去給她一份警告……」

戰天穹低垂的赤眸中，閃過了一絲久違的暴戾。

羅剎在此時開口了：「君兒在霸鬼和我回來前盡可能不要離開學院，如需要離校辦理什麼事情的話，就拜託雪薇幫忙。雪薇，之後就麻煩妳了。」他認真的看向站於自己斜後方的女秘書，慎重開口。

「我會的。」雪薇臉龐浮現一抹紅潤，認真的回道。能夠幫上羅剎的忙，她就很開心了。

「對了，」羅剎在此時微瞇起了金眸，對著戰天穹問道：「霸鬼，你和噬魂的融合進行到哪一階段了？」

眾人的目光不約而同的看向戰天穹。

戰天穹握了握拳頭，微微闔眼，似乎在感應自己身體的情況。良久後，他彎起一抹有些放肆的笑容來。

「快了，再給我幾天時間……」戰天穹的赤眸閃動著光火，放肆笑容讓他多了幾分狂放氣質。

儘管這是件好事，但君兒還是因為即將到來的分離而有些難過。她坐到戰天穹身旁，與之十指交扣。

「再幾天我就要和羅剎離開學院了，君兒妳要好好照顧自己。」戰天穹有些無奈的看著君兒。可以的話，他也不希望在這個敏感的時間點與愛人分離，但短暫的分離是為了往後能夠共同面對更大的危機，他們不得不分開。

君兒輕輕點頭，內心裡有著淺淺的擔憂。她知道戰天穹此行具有危險性，然而他卻什麼都不提，只是堅定的告訴她，自己一定會回來。她便也不多表現自己的擔心，試著用微笑與情意表達她對戰天穹的信任。

只是那彼此緊握的手，卻洩漏了兩人不願分離的心意。

而此時，紫羽終於還是忍不住將自己知道的那件事講了出來。

那是關於蘇媚為何如此執著於魔女，被隱藏在黑幕底下的真實。

紫羽用一種驚恐慌張的語氣講述著她對九天醉媚這個組織的了解，卻是讓在場的眾人聽得無不臉色大變……

那是連他們這幾位守護神都不知道的殘酷內幕。

Chapter 133

殘酷內幕

隔天，蘭就如緋凰猜想的那樣，約了紫羽和卡爾斯再一次出去商談。

這一次，緋凰、阿薩特還有君兒都跟了過去，就是不想脾氣火爆的蘭跟卡爾斯的關係鬧僵。戰天穹則是趁著這個機會留在神陣高塔，完成與噬魂最後的融合階段。

只是儘管這一次的會面多了君兒在場，蘭依舊對緋凰不假辭色，顯然還是氣在心頭。她開場第一句就是邀請君兒，想當然是被君兒拒絕了。而蘭像是早有預料，倒也沒有什麼失落或憤怒的情緒，隨後就將話題轉移到了卡爾斯身上。

「卡爾斯先生，你真的不願意跟我談談你的職業嗎？」蘭的態度很是強硬。

緋凰和君兒互視了一眼，兩人心中同樣有著無奈。卡爾斯是吃軟不吃硬的男人；當然，前提是要他看得順眼的人用和緩的態度跟他談事，才有可能成功。蘭的態度只會惹來卡爾斯更加強硬的回應。

果然，蘭的這句話直接讓卡爾斯沉下臉色，眼神寫滿挑釁與輕蔑，卻是不語——卡爾斯真的是被氣到了。紫羽的事情就算了，現在還牽扯上君兒，這讓他對蘭的耐心越來越少，眼看就要壓抑不住自己的脾氣。

紫羽在這時緊緊握住了卡爾斯的掌心，對他投以一抹擔心的眼神。

看著紫羽眼中的哀求，卡爾斯冷硬的態度稍微放緩了幾分。

可惜，蘭不懂得察言觀色，也不懂卡爾斯態度的些微變化，她只知道自己的表妹用哀求的眼神望著卡爾斯，紫羽那一眼的請求之意她是看得明白的，也讓她心情更加不悅。

「好話不說第二遍，這一次我可是得到『魅神妲己』的允許，特別來邀請紫羽加入九天醉媚的喔！紫羽，是那位我最崇拜的對象特別開口讓我來邀請妳呢。妳以前不是也很崇拜她嗎？難道不想替妲己大人服務嗎？」

卡爾斯的沉默讓蘭決定將話題轉移至紫羽身上，循循善誘的說道：「而且妳不想跟我一起共事嗎？我們可以一起像以前那樣，互相幫忙，一起成長。還可以有平穩安定的生活，不需要奔波，有固定且被保護的環境……」

蘭滔滔不絕的說著，語詞之流暢彷彿演練過千百次一樣，不禁讓緋凰有些訝異。

可惜，紫羽雖然心中有些猶豫，但最後還是堅持住自己的想法。

「蘭，對不起，我想要跟卡爾斯在一起。」

儘管沒有直白的拒絕，但紫羽的這句話說明了一切。

蘭的話語頓時停了下來，她臉色驚愕與惱羞交錯，不敢相信連紫羽都拒絕她！

「妳有沒有當我是妳姐姐？紫羽，我是為妳好欸！」

見蘭就想指責紫羽，卡爾斯輕咳了聲，讓蘭的注意力從紫羽轉到他身上。

卡爾斯的眼神變得冷冽與銳利，他冷冷一笑，說道：「蘭，我諒解妳一心希望紫羽可以加入九天醉媚，是要給她一個安定安穩的生活。但將自己的意願強加在妳妹妹的身上，這是為人長姐該有的態度嗎？紫羽已經很明確的跟妳表明她不願意了，如果妳愛她的話，妳應該尊重她的意見。但妳竟然以親情脅迫紫羽，妳不覺得衝著這一點，妳該感到羞恥嗎？少拿出『為妳好』的這種話作為藉口，妳給的不一定是紫羽要的！不要那麼自以為是！」

蘭最受不了的就是別人這樣直白的駁斥，頓時被卡爾斯的回答激起了火氣。

「為什麼不行？我是她姐姐，我擔心她錯了嗎？我只是希望她有一個安全安定的環境可以生活。你又怎麼知道這不是紫羽要的？那你呢？你又能保證你可以給紫羽一個安穩安全的未來嗎？連在哪裡工作都不願意說，就算你似乎很有錢，但一定也是用些不入流的手段賺來——」

「蘭！」紫羽忽然厲喊出聲，難過且失望的直直看著蘭，眼裡滿是淚光。

「請不要這樣說卡爾斯。而且，我很確定九天醉媚不適合我，也不適合妳和緋凰。昨天我已經聽緋凰說了，難道妳還不明白『魅神妲己』是為了君兒而來的嗎？她是為了獲得魔女的力量而利用妳！早在之前我偷偷潛入九天醉媚的系統時，就知道這個組織表面上是以探索遺跡為重，私底下都在做些鮮為人知的人體實驗，只為了模擬魔女的力量！」

「『魅神妲己』是九天醉媚組織將模擬而出的魔女之力填入人體內得到力量的成功作品！但這樣的她並不完全，所以她一直在尋找魔女的下落，只為了得到真正的魔女之力！」

紫羽最後放聲大哭，而卡爾斯則是心疼的摟著她。

紫羽昔日因為好奇，查找了九天醉媚的資料，意外看到了那深藏於最高權限底下的殘酷事實。冰冷的實驗室，一位位失敗又死狀悽慘的少女。她們沒有名字，只有一個個冰冷的編號。這全都是因為有人在她們體內填入那不屬於她們的、仿製魔女之力的詭異力量所導致死亡的無辜之人……

那時紫羽因為看見那樣殘忍的紀錄而嚇壞了，也被卡爾斯嚴令不准再暗中查探那些資料。

紫羽將駭來的零散資料調了出來，那血淋淋的內容，讓蘭的臉色變得無比的蒼白，她狼狽的坐倒於座位上，一臉不敢置信。儘管這些證據只是紫羽當時在被對方的反駭客部門追上以後勉強保留下來的殘缺資料，但紫羽臉上的痛苦和恐懼，卻深刻的表明了一切。

紫羽不會說謊，從過去到現在都一直如此。

也因此，蘭終於信了紫羽的話，卻是驚愕於自己被利用，以及被組織內那陰森黑暗內幕驚嚇住。

緋凰也白了臉色。她昨天就聽過這件事了，但看到真實的相片後，讓她更不敢置信。那萬分照顧她們的組織，私底下竟然會去綁架一些符合實驗品資格的少女來做研究……

那些少女很有可能只是平民老百姓的女兒、是才剛要踏入社會的單純少女，還有可能是懷抱著夢想與希望加入組織的女孩！然而下場卻是莫名的失蹤，被擄獲到組織隱藏在新界某處的基地裡頭，做著殘忍的人體實驗。

太可怕，也太殘忍了。

昨天紫羽講述完這些事情以後，羅剎、戰天穹以及戰龍同時動作了起來，開始動員一些人力，試著去追查九天醉媚的黑幕。他們竟然完全不知道此事，由此見得九天醉媚隱藏的多深！若不是紫羽的駭客能力強悍，再加上一時好奇，恐怕還無人知道蘇媚刻意隱藏的黑暗。

卡爾斯絲毫沒有同情的掃了蘭一眼，紫羽已經提出很多次警告了，她還是信仰那表面上光鮮亮麗的「魅神妲己」，只能將事實完整的轉達給她知道，才能動搖她對「魅神妲己」的偶像崇拜。

而卡爾斯沒打算給蘭喘口氣的機會，他心想也是時候了，該是坦承自己身分的時機了。

於是，卡爾斯低沉著嗓音，冷漠卻又不像先前充滿挑釁意味，平靜的開口說道：「蘭，我可以了解妳一心想要為紫羽找個好歸宿，不過很抱歉，我可以告訴妳，我打從出生開始就過著出生入死的鐵血生涯，紫羽跟了我，注定不可能過上穩定和平的好日子……」

卡爾斯彈指解除了耳上遮掩真容的符文耳扣功能。符文的力量退去，卡爾斯依舊是那張秀氣的娃娃臉，卻比原來和藹可親的容貌更多了幾分凜冽與氣勢。

「因為，我是個星盜。我不可能加入九天醉媚，而紫羽身為我的女人，自然不可能離開我去加入別的組織。早從一開始，紫羽就知道我的身分了，她也自願成為我的妻子，做好了要與我同生共死的準備。」

卡爾斯充滿占有慾的摟住紫羽，同時替紫羽抹去了眼角的淚滴。

儘管先前早就知道卡爾斯是名星盜，但緋凰看著卡爾斯的真容，還是有些目瞪口呆。蘭的臉色更是青白交錯，她急促的喘息著，不敢相信的看著卡爾斯，或者說卡爾斯那張極具標誌性的臉龐。

遮掩住容貌的卡爾斯是個爽朗大男孩，或許模樣與那位通緝榜上鼎鼎大名的冥王星盜有幾分相似，但也僅僅只是相似而已，不會有人誤會他就是真正的冥王星盜；然而當他解除遮掩真容的符文道具，那臉上的冷冽與渾身肅殺的氣質，讓人難以錯認卡爾斯身為「冥王星盜」的事實！

阿薩特也很是震驚，卻忽然了解卡爾斯先前的那些話語了，僅因冥王星盜手下的黑帝斯星盜團是屬一屬二的龐大勢力，自然能與九天醉媚抗爭。

「紫羽妳……」蘭抖著聲，一臉不可置信的看著紫羽，不相信過去那個懦弱的表妹，如今竟會成了星盜的女人！

「我不相信！紫羽，妳該不會是被卡爾斯強要了才跟了他的吧？！」蘭氣憤的一拍桌，憤慨的瞪著一臉冷漠的卡爾斯。

然而，緋凰和君兒卻意外的出手制止了蘭，強硬的將她拉回座位上。

明眼人都看得出來，紫羽現在是心甘情願的跟在卡爾斯身邊的，她看著卡爾斯的愛戀眼神絕對不可能作假；而卡爾斯對紫羽的寵溺與包容，比起戰天穹對君兒的情意有過之而無不及——這足以見得他們雙方是相愛的。

至於他們為何會在一起，那已經不重要了。

面對蘭氣憤的質問，紫羽紅了眼眶，卻是挺直背脊，毫不猶豫的開口說道：「我愛卡爾斯，哪怕他是個星盜，沒辦法給我平穩安全的生活，我也要跟著他，陪他一起出生入死！」

「妳——！」蘭氣紅了眼眶，激動得眼淚潰堤。「妳這傻瓜！為什麼不選個普通一點的好男人，偏偏要選上這個通緝要犯！」

紫羽看著蘭因為擔心自己而哭了，也忍不住眼眶泛淚。「對不起，蘭，但是我真的很愛卡爾斯，我不想離開他……」

卡爾斯在這時緊了緊握著紫羽的手，對這樣坦承對他愛戀的紫羽很是喜愛。

看著眼前一對男女的親密恩愛，蘭簡直是氣炸了肺，理智有些崩盤的失控大吼：「我是絕對不允許紫羽妳嫁給一個星盜的！絕不！我不會承認你們的關係！」

卡爾斯在此時淡漠的看了一眼情緒失控的蘭，冷漠的說了一句：「不然妳現在可以直接去通報警衛隊，就說冥王星盜在這裡，趕快把我抓到宇宙監獄審判，然後公開處刑好了。不過醜話說在前頭，無論我去哪，紫羽也都會跟我在一起，我是永遠不會放她走的！」

「你！混蛋——」蘭傷心的咒罵了聲，然後起身甩門離開。

這時，卡爾斯推了推一臉焦急的紫羽，示意她追上去安慰她的表姐。

紫羽很快就追了出去，包廂裡只剩下四人。

卡爾斯慢條斯理的啟動了符文道具，遮掩住本來的真容。

「放心，蘭不會真的去報案的，她只是……有些激動了而已。」緋凰輕咳了聲，試圖為好友解釋。

「老大，你太直接了。」君兒接著說道，語氣裡卻沒有譴責的意思。

「我知道蘭不會去報案。而且就是要這麼直接才好，這樣才能轉移她對九天醉媚組織內幕的震驚情緒。」卡爾斯絲毫不擔心的回道。他不認為表明自己的真實身分有什麼不妥，他只是有些可惜的看著目前還沒有上菜的餐桌，「這家餐廳有小羽毛最愛吃的焦糖烤布蕾……看樣子她沒辦法享受新鮮現做的烤布蕾了。」

聞言，緋凰輕笑，她沒想到那位號稱鐵血殘酷的冥王星盜，竟然會去注意自己女人喜好的甜食。但既然卡爾斯會特別去注意，也表示他真的很疼愛紫羽。

「雖然蘭可能要花些時間才能接受這個事實，不過，卡爾斯先生，你可以肯定能保護好紫羽嗎？要知道，我們這些擁有皇甫世家血脈天賦的女孩子，放到黑市去賣可是可以賣出天價的……這也是我和蘭暫時無法離開組織的原因。」緋凰說著，臉龐不禁帶上了一絲苦澀。

「放心。」卡爾斯慎重的點點頭，神情無比誠懇與正經。「要從我身旁奪走紫羽，得先踏過我的屍體。」

君兒笑了笑，也幫著卡爾斯說話：「緋凰，妳應該也差不多知道我和紫羽那兩年去哪了吧？在新界遊歷是假，在卡爾斯的星盜團當星盜才是我們那兩年的生活。就連靈風也是當時老大星盜團中的一員哦！老大雖然鐵血，但那是針對外人，請相信他會好好珍惜紫羽。」

當卡爾斯說出了類似於誓言的話語，再加上君兒隨後補充的保證，這才讓緋凰心中原本吊著的大石放了下來。

「那就好，蘭那方面我也會幫你勸勸她的。」

卡爾斯這才爽朗的笑了起來。「謝啦！就跟我之前和阿薩特提的一樣，如果你們有打算要離開九天醉媚，就跟老大我說一聲，我自有手段讓你們能完全脫離那個組織。就算你們沒打算加入星盜團也沒差，只要想要離開九天醉媚，我還是會幫這個忙的。」

「那就先謝謝老大了。」緋凰優雅一笑，親熱的喊了卡爾斯一聲「老大」，倒是間接的表明了自己的意願。

接著緋凰招呼了君兒後，兩人向卡爾斯和阿薩特暫時告別，跟著追了出去。畢竟，她們誰也不放心蘭的情況。

誰叫她們是朋友呢？

相處時總會有爭吵，有難過，有彼此意見不合的時候，但同樣也有快樂和開心的時候……

很快的，緋凰和君兒在街道上找到了蹲在路旁和紫羽抱頭痛哭的蘭。

考慮到君兒無法離開學院太久，所以她們馬上又回到了學院裡頭。

就在緋凰的安撫以及君兒的好言相勸下，蘭這才勉強釋懷了知道卡爾斯是星盜的難過，只是隨後又因為組織的內幕而憔悴失落。

蘭主動和緋凰提起了退出組織的這件事，獲得了緋凰的同意。只是蘭現在狀況不佳，這件事只好容後再細談……

這場鬧劇終於暫時告一段落。

Chapter 134

前往魔陣噬魂

幾日後，就在夕陽西落之時，蘇媚站立於奢華飯店的落地窗前，欣賞這片絕色美景。她優雅的持著高腳酒杯，嘴邊彎著帶有幾分傲氣的笑容。

然後就是那麼突然的，蘇媚臉上的笑容一僵，隨即換上了一副溫柔可人的嬌羞模樣，回首對著那突兀出現在飯店房間另一角的男人甜甜的喊了聲。

「鬼大人，難得您那麼有閒情逸致來我這作客，要不要與我共進晚餐呀？」

戰天穹利用空間瞬移來到了蘇媚暫居的飯店房間，聽她語氣溫柔的邀請，表情不變，唯獨那雙赤眸染上了一絲蘇媚未曾見過的陰暗——那是一種極具危險性的深沉。

蘇媚看著這樣第一次直白展現黑暗面情緒的戰天穹，眼神閃過驚訝。只是想到戰天穹為何而來，蘇媚內心不由得浮現一抹難言的氣憤，這讓她毫無畏懼的挑釁出聲，似乎就想惹惱戰天穹。

「鬼大人，你在天色漸晚時來到我這單身女子的房間裡有何用意？莫非鬼大人終於想要回應我對你的愛慕之情了嗎？」蘇媚臉上浮現了兩片紅霞，嬌媚動人的模樣足以使正常男人瘋狂——可惜她眼前的男子並非尋常人。

「我只是來警告妳，不要動君兒的主意。」戰天穹語氣冷漠的開口，說的話也讓本來一臉羞澀的蘇媚沉下了一張俏臉。

「哼，為什麼我不能動那女孩？鬼大人是在為她心疼嗎？」蘇媚危險的瞇起媚眸，眼神閃過一抹憎惡。「就算我不動作，只要那女孩的身分一曝光，整個新界對擁有的魔女之力的她倍感好奇的大有人在——」

「妳私底下的『造神計畫』已經曝光了，我和羅剎已經把這個消息發給其他位守護神知道了。」

戰天穹突來一句與先前談論截然不同的發言，讓蘇媚徹底蒼白了臉蛋。

戰天穹冷冷的看著蘇媚，毫不掩飾自己眼中的殺機。

「雖然我們幾位守護神已經談妥，看在這一次的異族戰爭暫時還用得上妳，現在不會對妳公開處刑。妳還有機會可以將功抵過。這只是我的一份警告。希望妳不要再將心思放在君兒身上。」

蘇媚瞪著戰天穹，顯然沒料到自己的秘密會被發現。

收回心神的她，繼續語出挑釁的說道：「如果我將九天醉媚對魔女之力的研究公開出來，我相信很多人會對那樣的力量產生興趣——要知道，現在人類正戰力缺乏，如果可以快速製造出無數的強者，搞不好世人會站在我這一邊唷？」

戰天穹的臉色終於有了變化，那屬於噬魂的黑暗面終於完全展現了出來。

「……如果妳真的做出任何傷害君兒的事情，我想我不介意這個世界少一個守護神，然後再把蘇族親手抹除於世上。」

一提到自己的家族，蘇媚眉一豎，尖喊出聲：「你敢？！你就不怕再被世人畏懼唾棄嗎？」

戰天穹向前站了一步，極其強烈的壓迫感頓時席捲而出，竟讓蘇媚的氣勢無形中衰弱了幾分。

「為了君兒，我可以變成真正的惡鬼……為了她，我不介意讓這雙手再次染上更多罪孽。」

蘇媚蒼白了嬌容，狼狽的退了幾步，手中的酒杯也不經意的摔破了，酒水濺了一地。

最後，戰天穹掃了蘇媚一眼，身影消失在空間漣漪之中。

而被留下的蘇媚則是下意識的咬起了指頭，眼神只剩下深刻的恨意。

「為什麼……我明明也擁有魔女的力量啊！為何在他面前我還是連反擊的力量都沒有？果然是因為這種模擬而出的力量不完整嗎？所以還是需要真正的魔女才行。只要我擁有了真正的魔女之力——我就能殺死他了！」

＊　＊　＊

戰天穹回到了神陣高塔，和羅剎打了聲招呼，闔眼進入自己的精神空間。

血色的海洋、黑暗的天空。

戰天穹以前非常痛恨這片存在於他心靈深處的血海空間，但如今他已能平靜的面對此處。

噬魂的意識早已不在，他已經融入戰天穹的靈魂裡頭，填滿了他靈魂那道細微渺小的缺口，昇華了彼此，也將戰天穹的實力推到一個世人仰望的境界。然而，一種無形的限制禁錮著他，不讓他能夠打破那加諸在自己身上的瓶頸。

戰天穹皺了皺眉，他握緊了拳，明明可以感覺靈魂因為完整而充滿力量，但又為何無法施展出全部的力量？

在過去，他隱約感覺得到自己的實力進入一個瓶頸，然而在靈魂完整以後，他意外發現這瓶頸並不是來自於己身，而是這個宇宙對他實力的壓制。

「……是宇宙不讓我這個罪人打破界限嗎？」戰天穹看著自己的拳頭，喃喃自語道。或者是因為他還沒能取回噬魂遺落的力量，所以才會有這樣的感受出現？

許久之後，戰天穹的身影漸漸自精神空間淡去，人也從沉思的狀態醒了過來。

羅剎站在戰天穹身前，一臉嚴肅的看著他。見他醒來，羅剎的金眸閃了閃，問道：「確定都準備好了？精神空間的狀況也穩定了？」

「嗯，都好了，可以出發了。」戰天穹沉穩回應。

羅剎點了點頭，開始聯絡其他人，讓戰天穹在離開前可以先跟朋友、親人們告別一番。

隨後趕來的戰龍一臉沉重，卻不知道該說些什麼。

卡爾斯這時忽然提了一句：「阿鬼，我過段時間要辦場訂婚宴，雖然你不能參加有點可惜，不過，記得該給的紅包要給我嘿。」

站在他身旁的紫羽瞬間燒紅了一張小臉。

戰天穹有些訝異的看了卡爾斯一眼，然後微微揚脣，語出抱歉：「抱歉，沒機會參與你的求婚。」

卡爾斯咧嘴一笑，灑脫的拍了拍戰天穹的肩膀說道：「沒關係，你趕快忙完你的事，我和小羽毛還想參加你和君兒的婚禮沾沾喜氣呢。」

靈風一手搭上君兒的肩，轉頭對戰天穹笑了笑。他與君兒的親密讓戰天穹看得直皺眉，卻沒有多說什麼。

「鬼大人，放心，這段時間我和老大還有戰龍會照顧好君兒的。」靈風一拍胸膛，語出保證。

戰天穹這才點點頭，卻還是不忘多掃了靈風放在君兒肩頭上的那隻手一眼，警告意味十足。

這時，戰龍站了出來，他有些擔憂的看著戰天穹，說道：「爹、呃、鬼先生，魔陣噬魂自從你千年以前闖入並將那座遺跡吞噬大半以後，如今已經失控了千年，你……要小心。」他差點又要喊錯稱呼了。

戰天穹深深的看了一臉擔憂的戰龍一眼，平靜的說道：「我會回來的。」然後遲疑了一會，卻還是抬手摸了摸如今比他還高壯的戰龍的腦袋，動作有些生疏的安慰自己已然成長的養子。

戰龍幾乎是在瞬間就酸了鼻頭，低低的喊了一聲「爹」。

戰天穹沒有苛責戰龍喊錯了稱呼，而是將目光落在了一旁的君兒身上，眼神變得溫柔。他走上前，將神情平靜、眼神卻是流露擔心的君兒抱進懷中。

沒有多餘的語言，只有深刻的擁抱。

沉默蔓延。

然後，戰天穹第一次在還有外人在時低頭吻住了君兒的唇。

面對戰天穹一反常態的熱情，君兒瞬間臊紅了小臉，卻隨後沉醉於那蘊藏別離心澀的吻之中。

不想再掩飾、不想再壓抑自己的情感，戰天穹打破了內心過去的束縛，坦蕩的在外人面前表達他對君兒的深刻愛戀。

所有人都明智的別過頭去，唯有戰龍雙手掩面，卻透過指縫偷窺——當然下場是被羅剎、卡爾斯還有靈風或踹或踩的給予警告。

戰天穹最後終於放過了君兒，退了兩步，看了臉色潮紅的君兒一眼，赤眸裡的專注與溫柔像是在重述他先前的誓言。隨後他抬手撕開了空間，跨進了空間裂縫之中。

君兒注視著戰天穹離開的位置，脣上還留有他的氣息與體溫，心裡卻已被惆悵充斥。

羅剎腳下浮現符文，身影漸漸消失。但他仍不忘再次提醒君兒絕對不能離開學院的範圍，在交代幾件重要的提醒之後才終於消失在空氣之中，卻是用他獨特的符文技巧穿行空間離開了。

「我等你回來。」君兒雙手交握，然後輕輕吻上自己左手無名指上的紫鑽戒指。

「等我回來，我會給妳一場盛大的婚禮。」戰天穹在昨日約會的最末，對著君兒如是說著。

想到未來那已經在緊鑼密鼓準備的結婚典禮，君兒幸福的笑了。她相信戰天穹會回來的！他連自己黑暗面都能坦然面對了，又還有什麼危險不能面對呢？

「君兒，會擔心嗎？」緋凰在一旁憂心的看著君兒。

「與其擔心，不如相信天穹一定能平安回來。」君兒坦蕩的回應，臉上的堅定與溫柔無不言述她對戰天穹的信賴。他們其實都是同一類的人，永遠不臣服命運的詭計。

「可惜天穹和羅剎不在，沒人可以指導我戰技和符文技巧了……」

「笨蛋妹妹，別忘了還有我、老大和戰龍啊！我們三個反正閒著也是閒著，當陪練活動一下身體也不錯啦。」靈風笑嘻嘻的說道。

「君兒妳要陪我切磋切磋嗎？」戰龍終於有了笑容，卻是一臉奸詐。他早就想和君兒切磋了呢，可惜一直都沒找到機會。「快快，聽說只有爹或羅剎還有靈風在的時候，妳才能夠解放魔女之力吧？那到底是怎麼樣的力量呢？我真的很好奇啊！」戰龍邊說，還不忘揮了揮拳頭。

看著他渴戰的模樣，君兒笑得開懷。「好啊，等等就麻煩靈風暫代以前天穹和羅剎的工作，幫助我穩定我的靈魂不至於被魔女的負面意識操控吧。」

靈風比了一個「沒問題」的手勢，不忘調侃出聲：「我也很久沒有當笨蛋妹妹的陪練了，真令人期待。」

「趁著時間還早，我們去演武場來活動身體吧！一直賴在這，我覺得我的身體都快生鏽了。」卡爾斯不由得埋怨出聲，有些懷念在星盜團中出生入死的危機感。

看著興致高昂的幾人，蘭沒好氣的說道：「你們……真的是一群戰鬥狂欸！」

君兒開懷一笑，說道：「時間寶貴。而且有那麼好的陪練不用就太可惜了！」

在一陣嘻笑打鬧之後，君兒開始了由戰龍、卡爾斯以及靈風暫當指導者的修煉。或許這是她試圖忘懷對戰天穹思念的一種方法吧。

＊＊＊

蘇媚在第一時間就感知到戰天穹與羅剎的離開，這不由得讓她有些驚訝。

明明他們都知道自己就在滄瀾城中，為何還要離開魔女身邊？就不怕她趁機下手嗎？不過，這也讓蘇媚明白為何先前戰天穹會突然出現警告她了，敢情是有要事必須離開……

蘇媚利用強大的精神力仔細感覺了一番，注意到戰龍的氣息依然存在於學院裡頭，而學院那座巨型防禦法陣似乎也被羅剎更動過，讓她沒辦法像過去那樣輕易就能使用精神力查探其中。她無法清楚感應到君兒的情況與方位，看樣子連進入學院都會被格外排除……顯然羅剎為了保護君兒花了不少心思。

勉強感應了一番，蘇媚認為君兒身旁只有戰龍能夠威脅得了她。但面對這位嗜戰的暴力分子，根本無須她親自出動，只要在龍族戰場上動動手腳，迫使戰龍提前離開就好了；再找個機會在「永夜之境」製造混亂，讓精靈王靈風也跟著離開；最後，再利用與君兒有關的幾位朋友……

「話說回來，那幾位女孩都是皇甫世家的大小姐呢。還記得皇甫世家幾年前發布的通緝令，相信他們會對這幾位遺落在外的大小姐很有興趣的。」

蘇媚嬌媚一笑，卻是不懷好意的聯繫自己的手下，準備要趁著保護君兒的主要戰力離開，一步一步的實行她的計畫。

就在忙碌完以後，蘇媚一臉期待的賞玩自己新上的紫色指彩。

「傳說中，那能夠毀滅一個世界的魔女之力……真想要呢……如果我得到那樣的力量，相信一定也能夠報仇了吧？呵呵，而且還能夠傷害那頭惡鬼最重視的女孩，真是一舉兩得呢……好期待……」

傲慢又帶了幾分瘋狂的笑聲自蘇媚喉間傳了出來，她眼神閃過了一絲冰冷，再難抑制那自幼便深深烙下的仇恨。

至於她私底下俘虜女孩作為人體實驗的那個計畫，她也準備好了替代腹案運作了，只是後續處理起來會麻煩一點而已。大不了現在收手，然後將舊版的研究資料交出去，等異族戰爭過去以後再重啟研究就好。

就現階段而言，如果能得到真正的魔女或者是「生命遺跡」中可能存在的研究資料，或許她體內那仿造的魔女之力，就能替換成真正的魔女之力也說不一定。

＊＊＊

戰天穹和羅剎一前一後來到了人類的生命禁區之一「魔陣噬魂」的所在地。兩人凌空站立，看著眼前早已被完全封鎖，並設下了十三道符文封鎖法陣的禁地。

時隔五千年，戰天穹再一次回到了那改變他一生的遺跡前，他神色複雜的望著前方被層層半圓形法陣所籠罩住的區域。

遠遠看去，天藍色半透明的法陣深處，一道道純由符文凝聚而成的金色鎖鏈束縛著中心，猩紅色的霧氣從鎖鏈縫隙處溢了出來，而如今霧氣竟已然突破了最內層的七層法陣，此刻正試圖向外擴張。

好在羅剎當時顧慮到魔陣噬魂因為失去了噬魂這個主體意識可能會暴走，所以多設了好幾層封鎖，才使得那腐朽萬物生靈的紅霧沒機會擴散出來。

戰天穹微微皺起眉，忽然感覺一絲不安，那突來的不祥感受不知從何而來，卻如附骨之蛆般的怎樣也無法驅散，讓他有些煩躁。

「羅剎，你確定你更動過滄瀾學院的防禦了？蘇媚確定無法查探學院裡面，也無法進入學院嗎？」

「當然，別忘了那裡可是我的本體所在，現在我已經限制守護神等級以上的存在無法自由進入，除非是擁有權限的人——例如戰龍。而且這一次，我特別將學院的防禦法陣設定成針對蘇媚的星力進行壓制，她只要一進入學院就會被神陣排斥出去，她越要硬闖，神陣的反擊也越強。怎麼了嗎？」羅剎微蹙劍眉，對戰天穹這般緊繃的狀態感到疑惑。

戰天穹不語，表情卻是凝重。「或許是我多想了也不一定。」他嘆道，甩開心中那突然升起的不安，或許是與君兒分開讓他覺得不妥吧。

戰天穹遙望鎖鏈封鎖的中心所在，想起了昔日這裡的一切。

五千年之前，人類第一次踏入新界沒多久後，就在這裡發現了一座刻有神秘字符的雙旋角柱，只是卻有無形的力量阻擋探險者的前進。

他是唯一一個透過強悍的力量，直接蠻力破除阻擋前行力量的冒險者。

冥冥之中，這座未曾在記憶中出現的遺跡給了他一種難言的熟悉感，驅使著他抵達深處，來到了魔陣噬魂的雙旋角柱底下。

當時的魔陣還未甦醒，上頭的字符還沒亮起紅芒。

然而，就在他因為好奇而觸摸了這座遺跡以後，一切都變了。

遽然甦醒的魔陣意識瞬間讓此處化作一片被鐵灰浸染的大地，血腥又暴虐的力量轉瞬席捲一切，腐蝕了這裡的植披、讓一切生靈瞬間死亡。

魔陣噬魂上頭的字符亮起了刺眼的紅芒——然後，入侵了他的體內。

有一段時間，他的意識都在與入侵體內的邪惡意識爭鬥，與那邪肆瘋狂的「噬魂」爭奪身體的控制權。然而等他最後勝利時，他卻意外發現自己的血液，就猶如魔陣噬魂向外擴散的腐朽能量一樣，會腐朽碰觸他的人的心靈，讓人心中的負面無限制的擴大，因而被心魔與負面所操控，成為只懂得殺戮的魔鬼……

自那次事件以後，他臉龐上突兀出現的鐵灰紅印，更是妖異的讓人倍感恐懼。

從那時開始，他的心就被腐蝕了，那邪惡意識成了主宰他負面情緒的心魔。

戰天穹曾經很恨噬魂，而在遇見君兒以後，因為愛她，所以他接納了這讓他自厭千年的黑暗面，哪怕要為君兒背負更多，但只要能讓君兒活下去……那麼，他願意成為世界的罪人。

由於千年前他意外與半座遺跡融合，剩餘的一半遺跡，因為失去了噬魂的意識而只剩下吞噬萬物的本能，儘管他現在已與噬魂的靈魂碎片完全融合，進入魔陣中仍然存在風險。

不願多想取回魔陣噬魂的力量之後，自己可能產生的身體變化，戰天穹堅定了自信。

為了要回到君兒身邊，為了讓她可以活下去——哪怕眼前是地獄，哪怕自己往後可能會變成非人怪物，哪怕未來有重重困難阻撓他們相愛，他也會陪著她一起，越過阻礙前行的荊棘、斬除阻擋前行的障礙！

「羅剎，送到我封印深處吧，我知道你辦得到。」戰天穹沉穩平靜的看向緊皺眉心的羅剎，然後揚笑，說出保證：「放心，我會回來。」

「我希望出來的不是個瘋子……你這傢伙還是非完全體的狀態下，光是壓制你的力量就讓我有些困難了；若是你取回力量成為完全體，卻又被那份力量控制了的話，那麼我想不用君兒覺醒成終焉魔女，這個世界就先毀在你手下了。」羅剎埋怨著，金瞳閃爍，爾後，抬手繪出繁瑣複雜的符文。

「可惜，來不及陪君兒過她今年的生日了啊……」戰天穹輕輕一嘆，話中有著遺憾。

片刻之後，羅剎已經被密密麻麻的金色符文包圍。

「我送你進去，霸鬼你好自為之。」語畢，羅剎眼神一肅，指揮身前的金色字符飛向戰天穹，將他包圍成了一只金繭。

「去！」羅剎一聲大喝，金繭化作一道金色流光瞬間飛入了封印著魔陣噬魂的法陣中心。

金芒入侵片刻之後，本來穩定向外擴張的紅霧猶如活物般的顫抖了起來，隨即變得張牙舞爪，猛地加快了向外的擴張！

「嘖，就算沒了噬魂，魔陣本體吞噬一切的本能還是異常可怕……父親大人，您到底賦予了噬魂什麼樣的力量呀……」羅剎苦笑出聲，最後凌空盤坐於法陣外頭的高空中，抬手繪製新的符文，加固本來的封印法陣。

他必須鎮守此處，避免戰天穹奪回力量時，狂暴的力量可能會將封印由內而外的破壞掉。

「霸鬼，祝你好運，別忘了有人在等著你……」擔憂的看了封印中心一眼，羅剎闔眼專注監控這整片區域的變化。

Chapter 135

精靈女神的瘋狂

神眷精靈一族・女神殿堂

阿蘭妮絲站在女神殿堂之前，戒備又緊張的望著眼前那漫長的華麗長廊，卻是不敢前進。

精靈女神從未召喚過她進入這處女神居住的殿堂。靜刃曾有幾次被召喚進去的經驗，但多數是談論攸關族群走向的大事，然而對她這位精靈聖女而言，精靈女神召喚卻是未曾有過的經驗——女神為什麼要召喚她，有何用意？

這座殿堂是精靈女神的居所，阿蘭妮絲有種只要一踏進裡頭，自己就會被對方完全主宰，心中慌亂忐忑。

靜刃陪在阿蘭妮絲身旁，深黑的眼眸閃過了一絲幽黯，只是他隨後看向阿蘭妮絲時，那份幽黯便轉為幾分擔心。

「阿蘭妮絲，妳要小心女神，這一次她把妳召喚進殿堂可能是有什麼陰謀，她最近脾氣越來越暴躁，我擔心是因為妳修煉的意識修煉法讓她開始有所顧忌，所以想要在妳的意識更加成長之前將妳的意識扼殺……如果真的發生我擔心的事情，請妳先將女神困在身體裡頭，然後使用母樹的葉片呼喚我。」

靜刃邊說，邊遞給了阿蘭妮絲一片宛如綠翡翠般晶瑩剔透的綠葉。綠葉在陽光底下折射出淡淡的金光，上頭附著了靜刃的部分力量。

「這是我特地向母樹求來的，裡頭注入了我的力量，只要妳感覺危險便捏碎這片綠葉，我就會闖進殿堂裡救妳。一定要將女神困在妳的身體裡頭，不要讓她有機會離開，不然只要她回歸能量體，妳和我將會被她利用神力懲處甚至是殺死……知道嗎？這是我們唯一的機會。」靜刃雙手搭在阿蘭妮絲肩上，無比慎重的開口提醒。

阿蘭妮絲心中的慌張在靜刃溫柔的目光下融化，取而代之的是因愛而堅強的勇敢。

阿蘭妮絲點點頭，輕應了聲：「刃，如果事情真的像我們想的那樣，女神這一次是打算毀滅我的意識的話……」她深深的吸了一口氣，眼眶浮現盈盈淚光。她憤慨命運的不公以及怨怒被人掌控在手心。

「我相信你會來救我的。」阿蘭妮絲充滿信任的看著靜刃，然後竟是拋開了矜持，主動上前拉低了靜刃的頭顱，櫻唇直接吻上靜刃。

由於阿蘭妮絲閉上了眼，以至於她沒看見靜刃在她親吻他時瞬間冰冷的眼。靜刃憑著傲人的意志力，強壓下了想推開她的想法，熱情又激烈的親吻著懷中的精靈聖女。

這是……最後一次了。靜刃心中冷酷的想著。

當阿蘭妮絲羞紅著臉離開了靜刃的懷中，她這才輕喘著氣，轉身朝通往女神殿堂內部的迴廊走了進去。

靜刃看著阿蘭妮絲的身影逐漸消失在漫長的迴廊另一頭，心忍不住悄然的加快了跳動。快了，距離他的願望就不遠了。這讓他感覺激動。多少年的隱忍與壓抑、多少的虛假與偽裝，全都是為了等待「那一刻」的到來！

女神殿堂外圍的迴廊極其寬敞，足以容納五人並肩前行。在迴廊的兩側，精雕細琢的繪製著各式各樣華美又色澤豔麗的圖樣，描述著精靈一族的崛起、精靈王的出現以及精靈女神的誕生。而畫面自精靈女神誕生之後，主軸便由整個族群全都移至精靈女神身上，描繪著精靈女神如何帶領族群離開故鄉的行星，在碎石帶開拓了一片全新的天地，以及精靈女神是多麼的慈愛有智慧，教導了族人多少的知識並給出多少力量與祝福……

後半段壁畫的描述，其實是精靈女神泰瑞娜絲刻意扭曲過的虛假。只為了加強族人對她的信仰，好讓她能夠擁有無窮無盡的信仰之力維持自己的神力。

迴廊的穹頂設計成高聳的圓頂，同樣雕繪著與精靈女神有關的故事。

越往迴廊深處前進，牆面凸出的梁柱上不再出現浮雕，而是綴滿了各式華麗又閃動著光輝的各色寶石，奢侈又華麗。

阿蘭妮絲的心也跟著越發深入殿堂而怦怦直跳。她腳步不停，身體卻微微顫抖著，因為即將迎來的未知事件而緊張顫慄。

這段時間，她可以深刻的感覺到精靈女神對她的不滿。自己不再得到神啟，取而代之的是本來退休的老聖女重新收到了精靈女神的指示，因此族人們都在揣測她是否觸怒了精靈女神，失去了神恩。

阿蘭妮絲也很清楚自己修煉靜刃提供的意識修煉法一事已經曝光，然而精靈女神已然無法阻止她的成長，除非——精靈女神的意識完全進入她的體內，將她的意識完全抹殺，否則精靈女神將無法再壓制她的意識了。

這可能是她最後一次，也是唯一一次能為自己的命運抗爭的時間了。

她不想放棄自己的生命，不想放棄這一生擁有的美好以及丈夫的愛——她想要活下去！

活下去的意念驅使著阿蘭妮絲煥發越加堅強的勇氣，她挺直了腰背，心中的忐忑不再。想起靜刃的許諾，她相信她的愛人一定會來幫助她的！

終於，迴廊的盡頭到了——

映入眼簾的是豁然開朗的寬敞大廳，穹頂刻意挑高，中心有一座雕工精美的石壇，上頭豎立著一座仿若真實的綠翡翠巨大女子神像。

那精緻的雕工，完全將精靈女神的容貌呈現而出，睥睨的眼神，驕傲的笑顏；她的雙手輕鬆的垂於身側，一手持著由純金所打造的權杖。

寬敞的大廳以及巨大的神像，讓進入的人不禁感覺自己的渺小。

而就在進入大廳，看見了那尊神像以後，阿蘭妮絲的意識忽然變得一片茫然，仿如傀儡似的直朝石壇上的神像邁步走了過去。

她眼神渙散的一步步的踏上石階，彷彿像是被某種力量所操控。

『呵呵呵……』精靈女神的傲慢笑聲忽然自神像內部傳了出來，隨後曼妙的精靈女子虛影自神像中走了出來。她抬手輕捧阿蘭妮絲的臉龐；只是身為精神體的她雙手卻是穿過了阿蘭妮絲的身體，無法碰觸得到阿蘭妮絲。

精靈女神泰瑞娜絲內心恨意與瘋狂交錯，她定定的看著阿蘭妮絲。

『區區一個傀儡，憑什麼搶我的人？！精靈王靜刃是我的！』

精靈女神似乎不在意靜刃是否會闖入殿堂內部救援，或者說，因為極端的愛轉成了極端的恨，就算靜刃闖進來，她也要在他的面前殺死他心愛的妻子，毀去阿蘭妮絲的意識，完完整整的占領這具傀儡的身軀！將被阿蘭妮絲搶走的一切全都奪回來！

阿蘭妮絲因為這段時日以來的意識修煉，在被精靈女神控制身體以後，她不再像以前一樣意識陷入黑暗沉睡，雖然她的身體無法自主，但她的腦子依舊清醒，以旁觀者的角度看著自己的身體被任意操縱。

精靈女神似乎沒有察覺到阿蘭妮絲的意識依然清醒著，這讓阿蘭妮絲小心的收斂了自己意識的波動，耐心等待著精靈女神的意識完全進入體內……到時，她們兩人的戰爭才算是真正開始。

這具身體雖然是精靈女神刻意製造出來的傀儡，但與她的契合度遠高於精靈女神。可以說，這具身體就是阿蘭妮絲的主場！只要精靈女神的意識一闖入，誰勝誰負還說不一定。

精靈女神那因為嫉妒而變得極其猙獰的臉龐，猶如瘋魔。

『不過只是我的一縷意識，誰准妳擁有自我了？我隨時都可以捨棄妳，重新再製造一個人格出來。我絕對不允許妳得到靜刃更多的愛！不允許！』

精靈女神咆哮著，然後猙獰一笑，探出虛影的雙手，張手擁抱住了阿蘭妮絲，然後瞬間融進了阿蘭妮絲的體內。

就在精靈女神的影子消失的瞬間，阿蘭妮絲本來失神的眼眸忽然亮起了神采——她捏碎了自己放於口袋中靜刃給的那片綠葉，然後回到自己的精神空間，專心一致的與那「外來」意識對抗。

『什麼？！不可能，妳怎麼還醒著！』精靈女神在阿蘭妮絲的精神空間中咒罵著，顯然不願相信阿蘭妮絲此時還有反抗能力的情況。

『是靜刃教給妳的意識修煉法嗎？好、很好……看樣子他真的很疼愛妳啊！竟然還讓妳反抗我這個本體意識！靜刃很愛妳那又怎樣？盡管求救吧，然後我會在他眼前折磨妳，讓妳在愛人面前被我完全抹殺掉！』

精靈女神泰瑞娜絲嘶吼著，從外界吸引來更多屬於自己的神力入侵阿蘭妮絲的體內，然後向阿蘭妮絲展開了反擊！

「我不會輸給妳的！就算我是妳的一部分意識又如何？現在的我只是我而已，我有活下去的權利，不是妳來主宰我的性命！」

身處殿堂中心的阿蘭妮絲眼睫低垂，意識全然陷入了與精靈女神的爭鬥之中。

仔細一看，可以注意到她的身體外頭包覆著淡淡的細微金光，且慢慢的融入她的體內。那金光便是精靈女神積年累月藏在翡翠神像中的神力，此時正一點一滴的沒入阿蘭妮絲體內，協助精靈女神對她的抗爭。

然而因為阿蘭妮絲跟自己身體契合度之高，使得精靈女神不得不召喚更多的神力，但，漸漸的，精靈女神發現了一件怪事……

『該死，我怎麼感覺不到外界的神力了！』泰瑞娜絲驚恐的大吼著。

阿蘭妮絲冷冷的笑著：「妳忘了我也是妳意識的一部分，我也擁有控制神力的能力！靜刃教我的修煉方法讓我也能夠掌握神力。親愛的女神，妳沒有料想到會有這樣的情況發生吧？」

「我以前會害怕被妳消滅，但現在的我更想要活下去！這份意念驅使我暗中掌握了能夠與妳抗衡的力量！只是女神大人，我沒料到妳的意識竟然那麼脆弱——純粹是由欲望與自滿構築而成的意識，是沒辦法與我的堅強和存活意念相抗衡的！」

從外界來看，阿蘭妮絲就這樣靜靜的立在翡翠神像面前，低垂著頭顱，似是在感受著什麼，其實在她的精神空間裡，曾經的意識主體以及成長的意識正互相爭鬥。

在一片寂靜中，靜刃踏著無聲的腳步走了進來。

阿蘭妮絲正如他所要求的那樣，將精靈女神的意識困在了自己的身體裡頭。

這樣一來就足夠了，再也沒有什麼能夠阻止他取得「那個東西」——那個讓精靈女神之所以成為「神」的東西！

「阿蘭妮絲，我來了。」靜刃的聲音冷靜又平穩，傳進了專注在精神空間中與精靈女神爭鬥的阿蘭妮絲耳中。

「刃來了！」阿蘭妮絲一喜，意識竟又強大了幾分，眼看就要全面壓制住精靈女神的意識。

精靈女神卻是驚怒，她本有預料靜刃會因為阿蘭妮絲的求救而擅闖殿堂，卻沒想到自己本來計畫要在靜刃眼前毀滅阿蘭妮絲的意識，竟演變成她和阿蘭妮絲的互相抗衡——身為神靈的自尊與傲氣讓她憤怒了起來！

怎能在自己又愛又恨的男人面前輸給自己的傀儡？！

『傀儡就應該要有傀儡的樣子！』

精靈女神一怒，不打算與阿蘭妮絲繼續僵持下去，雖然毀去辛苦培養而成的肉身讓她感覺心疼遺憾，而且還會暴露她辛苦隱藏的秘密；但這樣的軀體只要花時間，就能夠再造一個出來，再加上一旁有她建造來用於儲存神力的神像，她並不擔心那個秘密曝光之後會出現什麼意外。

這樣想著，精靈女神決定不再顧忌自己過多的神力會毀壞阿蘭妮絲的身軀，直接驅使著神力開始進行破壞！

外界，阿蘭妮絲的身體開始顫抖了起來，本來白皙的皮膚忽然迸裂出一道道滲血的傷痕，模樣悽慘。

「阿蘭妮絲！」靜刃皺了皺眉，張口呼喚道。

因為身體由內部被神力破壞，阿蘭妮絲瞬間失去精神空間的主導權，反被精靈女神壓制住了！

再次睜眼的阿蘭妮絲，不對，或許該稱她作精靈女神「泰瑞娜絲」了。

泰瑞娜絲短暫奪得了阿蘭妮絲的身體控制權，用猙獰的神情對著靜刃開口說道：「很擔心她嗎?那我就在你眼前將她殺死好了!精靈王呀，我愛你，但我也同樣恨你!你那份不屬於我的愛，誰也不要妄想得到！」

隨後她的臉色一變，屬於阿蘭妮絲的神情再度浮現臉龐。阿蘭妮絲嘴角溢血，表情痛苦。

「刃、好痛、幫幫我——」

靜刃一臉平靜，邁步走向了渾身顫抖，因為兩抹意識互相爭奪而無法做出任何反應的阿蘭妮絲身軀面前。

他反手抽出了刀刃，在阿蘭妮絲的注視下，直直的將那鋒銳的刀刃，送進了阿蘭妮絲的胸腔之中。

『——靜刃你——！』由於被禁錮在阿蘭妮絲的身體裡，精靈女神泰瑞娜絲發出了驚恐的尖嚎聲來。

「為、為什麼……」阿蘭妮絲不解，又是傷痛又是困惑的看著自己深愛的男子。

靜刃沒有多言，他只是平靜的抽出染血的刀刃。

阿蘭妮絲踉蹌的退了兩步，跌坐在地。

隨後靜刃直接一個揮劍，斬裂了眼前那龐大的綠翡翠神像——一顆殘缺不齊的菱形水晶突兀的出現在神像中心，散著螢螢光輝。

那是一顆破碎的不完整「神格」，也是讓泰瑞娜絲之所以能成為精靈女神的唯一倚仗……

Chapter 136

成神

『我的神格！』

泰瑞娜絲尖叫出聲，卻因被困在阿蘭妮絲的精神空間裡而無法離開前去保護她賴以為生的神格水晶。

靜刃冷酷的掃了倒坐在地的女子一眼，隨手抓住了那塊發著微光的殘缺神格水晶。

——卻是一把捏碎！

泰瑞娜絲一愣，趁著阿蘭妮絲意識恍惚的瞬間奪得了身體操控權，轉身就是想逃。

銀色的劍光自身後呼嘯而來。泰瑞娜絲氣惱的鐵青著臉，發現阿蘭妮絲的身體因為自己先前的破壞而變得有些難以操控，根本無法迴避身後的攻擊。

『該死！這什麼破爛身體！』泰瑞娜絲咒罵著，卻也驚恐於自己的意識無法從這具身體中離開。

阿蘭妮絲在短暫的錯愕中回過神，自己的意識纏上了泰瑞娜絲的意識，阻止她掙脫這具身體。

『妳這廢物，是想要我們一起死嗎？！』

「刃要我絆住妳，不讓妳有機會離開我的身體！」

『精靈王是在利用妳啊！』

「……」阿蘭妮絲張口欲言，最後卻是一句話也沒說。

兩人的意識交流只在一瞬間，靜刃的利劍轉瞬即至。

泰瑞娜絲驚恐於自己會被困在阿蘭妮絲體內，一起被殺死，忍不住尖喊出聲：『等、等等！靜刃你是想得到神格吧？你殺死我的話，你是永遠得不到神格的！』

然而，那把利劍終究還是貫穿了阿蘭妮絲的身體，讓主控身體的泰瑞娜絲發出了撕心裂肺的尖叫聲。

靜刃不知何時欺進了她，胸膛貼上了泰瑞娜絲的後背，靠在她耳旁，冷酷又淡漠的說了一句讓泰瑞娜絲驚恐至極的話語來。

「……妳以為我不知道神格被妳藏在阿蘭妮絲體內嗎？」

『你、為什麼會知道……？』

「精靈王千萬年輪迴的記憶可不是假的，以我的心機，又如何推論不出妳可能藏匿神格的所在？從一開始妳那麼精心的設計阿蘭妮絲的身體時，我就知道了。」

泰瑞娜絲愣了愣，然後邊嗆咳著鮮血，邊失神的仰望著殿堂的穹頂，喃喃自語道：『所以……你一直在演戲？就為了奪得我的神格？』

她忽然覺得自己很愚蠢，以為這一世的精靈王因為一分為二，權能分散，所以才會被自己所迷惑，叛離了本來的族群來到她的身邊。沒想到，打從一開始靜刃就是盯上了她的神格，乾脆將計就計！

泰瑞娜絲憤恨的對她精神空間中的阿蘭妮絲說道：『傀儡，我不想死，相信妳也不想死吧？瞧瞧，妳深愛的男人只是在利用我們而已，這樣妳還打算任由他玩弄我們的生命嗎？』然後她暗中將主導權交還給了阿蘭妮絲。

「咳……」阿蘭妮絲咳了一口血，哀傷的向身後看不見表情的男人發問道：「刃，你愛過我嗎？」

直白又銳利的一句提問。

靜刃沉默了許久，才淡淡的回了一句：「王的一生全都奉獻給了族群。這一世的我更是被魔女剝奪了愛人的權利……所以，我沒有愛人的資格。」

阿蘭妮絲笑了，笑得悽楚悲傷。

「刃，我記得你以前說過、咳，你有個一定要去完成的願望對吧？……可以告訴我是什麼樣的願望嗎？如果你願意的話……」

『白痴，說那麼多幹嘛？！』

泰瑞娜絲氣憤的在阿蘭妮絲的精神空間直跳腳，不懂她為何不趕快向靜刃求饒或者是想辦法放鬆靜刃的防備，還說那麼多沒意義的廢話。

可這對泰瑞娜絲而言是廢話的發言，卻是阿蘭妮絲心中最後，也是唯一想要知道的事。她愛著靜刃，曾經不只一次想要了解他，然而靜刃始終不願意告訴她那份願望是什麼……那樣的靜刃讓她感覺遙遠，卻也讓她更想了解靜刃難以捉摸的心。

此刻心中只剩下平靜。恨在一開始出現過，隨後是認知到靜刃根本不愛自己的茫然失措，然後，最後剩下的只是一片難以形容的沉靜……平淡的好似沒有任何事可以再讓她心起漣漪的平靜。

靜刃微斂眼眸，沉默的抽回了手中利劍，改由掌心自阿蘭妮絲背後的深痕中，探進了那血液直流的傷口裡頭。

劇烈的疼痛很快就轉為麻木，阿蘭妮絲安靜的等待著靜刃的回答；泰瑞娜絲則不停的叫囂，試圖調用神力卻被阿蘭妮絲制止了。

良久以後，靜刃終於在阿蘭妮絲的身體裡頭，找到了他一直在尋找的那件東西——泰瑞娜絲真正的神格！

當靜刃的掌心握上了那隱藏在阿蘭妮絲身體中的神格時，泰瑞娜絲發出了一聲絕望又震怒的悲嚎聲。

「……阿蘭妮絲，很抱歉，我無法說出我真正的願望，那將會使得未來多出我無法掌控的因素。但我可以告訴妳，我追尋的不過僅僅只是……」

靜刃靠在阿蘭妮絲的耳邊，用只有兩人能夠聽見的聲音，將自己深藏內心，假借願望之名蒙蔽命運的那份願望，第一次說給了外人知道。

「原來是、這樣啊……那，刃，神格被奪走的我，也會從這個世間完全湮滅，再也無法轉生了對不對？」

靜刃低沉的給出了回答：「依附神格而生的靈魂，在失去神格以後將會永遠的消逝。」

阿蘭妮絲的眼神閃了閃，然後滑下一行淚。她認命的闔上了眼，卻是笑了。笑得幸福。

或許死在愛人手下也是一種幸福吧。

『愚蠢，竟然為了這樣的願望——！』泰瑞娜絲震驚又憤慨的咒罵，語氣之急促讓人有些無法理解她意欲表達的意思。

小媽之冠蓋滿京華
夢空 著
IKU 繪
媽媽乖～
我們會一輩子
守著妳！(?)
六個
俊美無儔
風華絕代的
兒子
加
高齡二十二歲!?
天然呆
狐狸精
小媽
有兒子的娘親像珍寶！
有金子撒。
有兒子疼。
有美食吃。
有孫子抱。
9/4 誰都不准先告白的 同居生活閃亮登場！
飛小說
典藏閣
華文聯合出版平台
www.book4u.com.tw
采舍國際
www.silkbook.com
不思議工作室
立即搜尋
版權所有© Copyright 2013

靜刃猛地一把向後扯出了神格。

『不——！』泰瑞娜絲哭喊尖叫著。

阿蘭妮絲的身體因為失去神格的支撐，而開始潰散成純粹的神力光點。她回過頭來，深深的看了靜刃一眼，像是想要將他那冰冷的模樣記憶在自己靈魂深處。

而那總是冷漠寡情的靜刃，卻在此時流露出了幾分難言的表情。

「……我愛你、我會等……」

阿蘭妮絲最後的微笑潰散成了光點，融進了無窮無盡的星力之中。

沒有任何的責怪、沒有任何的幽怨，有的只有比靈魂還深刻的愛情。是傻也是痴，明知自己只是被利用感情，卻仍舊選擇了去愛。

這幾年的布局終於告一段落，精靈女神和她的傀儡就在一場以愛情為起點的糾紛中，以兩敗俱傷落下了結尾。

靜刃沉默的看著手中神格上染著的血跡也化作光點，不語。

唯有臉上遽然滑落的溫熱涼意，像是在言述著什麼他無法表達的哀傷……

良久後，他輕輕一嘆。

為了他的願望，他犧牲且利用了一個深愛他的女子。

這樣究竟是對、是錯？沒有人能夠回答他。

有些破損的神格因為失去了本來的依存體，而開始發出耀眼且強烈的光輝。

靜刃想也沒想的，拿著神格銳利的那一端深深扎進了自己的胸膛之中！

劇烈的疼痛、那穿透靈魂的痛楚席捲全身！

神格就像是得到了新的載體一樣，迅速融進了靜刃的體內，緊緊的與靜刃的靈魂糾纏在了一塊——與之同時，靜刃的身體開始產生了異狀，如同泰瑞娜絲成為神靈以後轉化成了純粹的無形精神體一樣，他的身體也開始轉淡……

一抹不屬於靜刃本來靈魂的半翼圖騰，被強制驅離了他的靈魂。

同樣的異狀也發生在了神眷精靈的各大城鎮與神殿祭壇之中。屬於精靈女神的雕像開始崩潰，大地為之動搖，高聳入天的精靈母樹傳出了長長的嗡鳴聲，似是悲泣。

＊　＊　＊

世界的另一頭，滄瀾學院。

靈風本來正在和君兒等人對練，他負責監控君兒的精神情況，以防她在解放魔女之力時會失控。

然而，一陣椎心的疼痛忽然自心口處傳出，那彷彿被利刃刨心剃骨的疼，直接讓靈風摔倒在地，其他幾人的對練同時中斷，驚愕於靈風的異狀。

靜刃融合了不完全的神格，在取得力量之餘也影響了他靈魂雙生的同胞兄弟。

只是與靜刃不同，靜刃一分為二的靈魂因為神格的融合而逐漸圓滿，相對的，靈風與兄長緊緊相連的靈魂則被強制割除那樣的緊密連結，因此讓他疼痛得彷如遭遇極刑。

「靈風？！」君兒看到靈風的狀況頓時一驚，趕緊強制解除魔女之力，連忙來到靈風身邊。

這時，君兒也感覺到了「神騎契約」的變化──

本來只有靈風那一半的右翼圖騰忽然浮現她身前，靈風大汗淋漓的額心也浮現了半翼圖騰──

然後，突兀的浮現了原本缺失的左半翼！

本來一分為二的契約，那屬於靜刃的左半翼竟然回到了靈風身上！

契約圓滿，意味著「神騎契約」的完美訂定。

「靠，這是怎麼一回事？靈風的靈魂好像被重傷了似的！」戰龍驚呼出聲，試圖使用星力和緩靈風的情況，然而卻怎樣都無法有所成效，這讓他忍不住埋怨道：「該死！如果這時候爹或羅剎在的話，可能就會知道是怎麼一回事了！」

君兒心臟不由自主的加快了跳動，她下意識的召喚出蝶翼圖騰，試圖用蝶翼圖騰與轉變為雙翼的神騎契約圖騰之間的共鳴感，試著了解靈風的情況。

她發現自從靈風的半翼契約轉變成完整的雙翼圖騰之後，她再也感應不到靜刃的存在了，莫非……靜刃死了嗎？！

「不、不是……」靈風像是感覺到了君兒的驚愕與懷疑，勉強開口、聲音沙啞的解釋道：「是靜刃他、割斷了與我身為雙生靈魂的聯繫……我們是、一個靈魂分裂為二的兄弟，但只要、有一方的靈魂圓滿、就不再需要、與另一個靈魂保持連結了……」

靈風像是明白了什麼似的，他一臉凝重的拉住了扶著自己的戰龍的手臂。

「我知道、靜刃前往神眷精靈一族的目的了──他搶奪了精靈女神、的神格！他、要成神！這樣才能進入虛空屏障！要小心──君兒有、危──」

「險」一字還沒說完，靈風直接頭一偏，人直接昏了過去。

餘下三人面面相覷，神情皆是震驚。

戰龍的聲音有些發顫，不敢置信的呢喃道：「……成神？這個世界哪有神！」

「不能這樣說，戰龍你主要是負責龍族戰區，也知道龍族有一頭自稱是龍族之神的『龍神』吧？神眷精靈一族也有一位從來不出戰的『精靈女神』。但比起龍族的龍神戰力強悍，神眷精靈的女神卻從來沒有出現在戰場上過……」

「雖然我以前也懷疑她會不會只是某位實力強大、或者是掌控著什麼權能的女性，但顯然，很有可能就如靈風說的，她擁有的那什麼『神格』，是靜刃之所以背叛靈風和族群，也要前往該處將之取得的理由所在。」

卡爾斯嚥了口唾沫，卻是神情鐵青。

「不過，剛剛靈風說，只要靜刃得到神格，他就可以自由穿越虛空屏障了？」卡爾斯劍眉緊鎖，顯然對這件事有些捉摸不定主意。

戰龍同樣皺著眉，如果真如靈風說的那樣，那麼那位精靈女神早就穿越虛空屏障打過來了，為何她卻從來沒有做過那樣的舉止？

「不管怎樣，先送靈風去羅剎的神陣高塔，利用裡頭充沛的星力幫他療傷吧！我聯繫雪薇小姐，看看她能不能給我們一些幫助！」君兒焦急著說道，她看著靈風因為流汗而黏貼在臉上的黑髮，一臉憂愁擔心。

戰天穹不在就發生了這種大事，滄瀾城外還有一位虎視眈眈的「魅神妲己」，現在那位靈風的雙生兄長、神眷精靈一族的精靈王靜刃也將有可能潛伏進入人類世界，更別提成為神靈的他，實力會成長到何種地步……

沉重的危機感壓在君兒心上，壓得她有些喘不過氣來。

只是她咬了咬牙，決定還是要相信羅剎的學院防禦法陣，只要她不離開，相信她就會是安全的——直到等待戰天穹取回噬魂的力量，凱旋歸來，那麼一切就無須擔心了！

但眼下他們還得撐過這一關才行。

戰龍直接將昏迷的靈風揹了起來，抬手撕開一處空間縫隙，一手抓著卡爾斯，一手拉住君兒，直接帶著他們兩人透過空間瞬移，絲毫不浪費分秒時間。

＊＊＊

靜刃最後終於轉換成了純粹的精神體。

虛影般半透明的身軀不像是傳言中的幽靈，而是一種散發著淡淡金光，也就是神力的精神體。

他抬手一召，體內發光的神格便來到他手中，靜靜的飄浮著。

「……雖然是不完整的神格，但也足夠我成為半神，擁有穿越虛空屏障的能力了……為何龍神弗爾歐特明明也是神靈，卻會被虛空屏障制止腳步？虛空屏障究竟是為了保護什麼、阻擋什麼而存著……？」

靜刃凌空踏步，轉瞬來到了族群中的精靈母樹身前。

那粗壯卻又美麗的巨木因為他的到來而發出了彷若哭聲的低鳴，精靈母樹向靜刃傳遞祂溫柔又急切的關心，換來了靜刃久違的微笑。

「謝謝，我沒事……這東西，就麻煩祢幫我保管了。」

神格緩慢的沒入了精靈母樹的樹身裡頭，消失無蹤。

靜刃就像個孩子一樣，張手抱了抱那他無法環抱得住的母樹枝幹，然後轉身面對位於遙遠之處的新界奇蹟星，溫暖的情緒內斂，取而代之的則是一種冰冷的神情。

「那麼接下來，該是我執行任務最後一步的時候了——」

精靈母樹傳遞來了一抹支持的意念，就像一位慈愛的母親一樣，無論孩子要去做些什麼事，祂都將會給予無盡的包容與關愛……

＊＊＊

就在靜刃真正成為神靈的同時，兩大精靈族也跟著陷入混亂！

正如靜刃預料的，成為神靈之後，精靈王向族群許諾終生守護而得到的權能，在同一時間消失了一半。

每一位神眷精靈都感覺到了心頭上的失落，彷彿內心的某種存在缺失了一樣，族群陷入一片慌亂之中……

當他們發現女神神像不再光亮、精靈王靜刃又找不到人的時候，慌亂隨後轉為由恐懼驅動的憤怒，他們開始闖進精靈女神的神殿、進入精靈王的殿堂，想要了解到底發生了什麼事。

而相較於神眷精靈一族的憤怒，所幸永夜一族擁有由數位德高望重的老精靈組成的長老協會，在事件發生當下，勉強壓制住了族人的慌張。

儘管在過去靜刃失蹤時族人曾經不安過，但他們還是堅信著只要王與他們的連結仍存，王永遠是他們的王。

只是，當真正失去靜刃那一半的連結感時，長老們還是淚光滿盈。

「靜刃殿下，您終究還是捨下我們了嗎？」一位長老跪到了精靈母樹之前，一臉哀傷。

「靈風殿下只剩下一半的王者權能，再加上他不夠成熟穩重，自從他上任以來，許多族人對他沒有繼承王者記憶，處理事情也不夠圓滑成熟，而對他成為王一事抱持著懷疑態度，我怕忽然失去了靜刃殿下那一部分王者權能，靈風殿下無法壓制住內心不安的族人。」

在長老協會中，資歷最深的大長老忽然一個嘆息，他有些混濁的目光看著光彩依舊的精靈母樹，驀然明瞭了靜刃為何離開的理由……

他看著那些僅僅只是失去王的連結就陷入混亂的族人，以及束手無策的長老們，忽然覺得可悲起來。

難道沒了王，他們精靈一族就沒有人願意站出來成為新的領導者嗎？

只會依賴王的永世庇護，這樣精靈一族遲早還是會衰亡在歷史之中的呀！

唉……這種話若是說出去，他這個大長老可能會被當作叛逆者而被處死吧。面對眼下的混亂，還是需要有個人來進行壓制才行；靜刃已經做出了決定，那麼就只剩下靈風了。

但難道就一定要指望靈風接下靜刃的工作，再一次的向族群以靈魂宣示要永遠的守護族群嗎？

這不過只是一個絕望的悲傷輪迴，精靈一族當真需要再有一個人，為族群犧牲永生永世了嗎……

Chapter 137

被捨下的究竟是……

『……下一次就是我親手了結這該死命運的時候了。』

靈風又夢到了昔日，他在碎石帶和君兒一起遭遇靜刃的那時候。

那時，靜刃就是用那樣無情疏離的言語，為那一次的會面落下了結尾。

冷酷冰冷的兄長，無情疏離的語言，穿透軀體的銳利刀刃。這些元素組合在一塊，是靈風心中最痛且無解的結。

為什麼？

靈風心中只有無數個問號，他一直不懂究竟是什麼樣的追求，讓那個曾經疼愛他的兄長做出這樣殘忍的決定。儘管表面上說不在意，但靈風心裡光是想起，總還是隱隱作痛著。

他幾乎肯定靜刃已經成為神靈了。

過去，因為他和靜刃本來是同一個靈魂，彼此距離遙遠，還是能感覺得到靜刃的存在，儘管模糊、儘管不甚清晰，但那種明白靜刃還是活著的感受，是如此的真切。

現在一切都變了，他與靜刃的連結被神格切斷了，再也感覺不到靜刃的存在。靈魂彷彿空缺了一角，空虛且寂寞茫然。

耳邊傳來少女焦急的呼喚，靈風這才從那種深刻的空茫中逐漸轉醒。

「君兒……」

「靈風，你還好嗎？」君兒焦急的聲音響起。

戰龍搖了搖還有些失神的靈風，關心的問道：「喂，還好吧？」

「放心，正所謂禍害遺千年，靈風這毒舌沒那麼容易死的啦。」卡爾斯在一旁調侃，雖然口出戲謔之詞，臉上的表情卻因為靈風的轉醒而鬆了口氣。

「抱歉。」靈風想要微笑，然而自靈魂深處傳來的疲倦卻難以掩飾。

君兒一愣，鬆開了攙扶著靈風的手，一臉嚴肅的看著他。

神騎契約的完美締結，她可以清晰的感覺得到；靈風的靈魂因為靜刃靈魂的變化而遭到了衝擊，同時靈風朝她流來的靈魂能量幾乎是先前的兩倍之多！

不能再這樣下去了，就算靈風是精靈，靈魂比一般人類強大，壽命天生比人類漫長，也禁不起這樣的靈魂能量流逝。那可能會傷及靈風的靈魂本源，甚至可能會危害他的性命……

「老大，拜託你一件事。」君兒深吸口氣，看向卡爾斯。「把靈風送回『永夜之境』，只有在那裡，在精靈母樹的周圍，靈風的靈魂才能得到調養……我不知道為何本來只有一半契約忽然變得完整，可能是靜刃做了什麼才導致如此，但因此導致靈風的靈魂力量相較以往的多了幾倍導向給我，根據契約，靈風的靈魂力量會因為要治療我靈魂傷勢的內容，而被我吸乾，讓靈風的靈魂受到重創！他必須離開這裡，回到精靈母樹的所在地，越快越好！」

「可是，這樣妳身邊能夠保護妳的力量就只剩下戰龍了！」卡爾斯語氣凝重的回道，只是他看了憔悴的靈風一眼，內心卻有了許些動搖。

戰龍皺了皺眉。雖然他是目前被留下來的最強戰力，但很多時候他沒有卡爾斯那麼靈活、靈風那樣狡詐……咳咳。

「我暫時還不會離開，卡爾斯你快去快回。」

「不行，我請星盜團的人送靈風回去好了，他們都認識靈風，最好再聯繫一些離開『永夜之境』的精靈一起護送靈風回去，這樣我也比較放心……畢竟靈風離開『永夜之境』來到滄瀾學院，名目上可是在接受著人類的監控的，這件事必須小心進行，經由星盜的管道會隱密一點。」卡爾斯躊躇著，最後終於下定了決定，開始聯絡起自己星盜團的成員。

「老大，我還不能回去，靜刃隨時都有可能攻過來，你們不了解他的手段和危險！」靈風休息一下後終於有了精神，他張口就想制止卡爾斯的行動。

「笨蛋哥哥！」君兒在此時破口大罵，還不忘賞了靈風腦袋一記栗暴。「你都這樣了還在擔心我，是存心要我擔心嗎？！」

「靈風，依你現在的情況，就算遭遇你的兄長，你也幫不上忙，反而有可能變成我們的負累……哦，原諒我說得太過直接，但你自問現在的你，有能力可以抵擋你那位可能已經成為神的兄長嗎？」戰龍直白坦承道，說的話讓靈風臉色青白交錯。

看著這樣的靈風，卡爾斯搖搖頭，繼續聯絡自己手下的工作。

「靈風，你現在的情況還好嗎？可以的話，方便跟我們說說你感知得到的靜刃情況嗎？這樣我們之後也好方便做判斷跟應對。」君兒清了清嗓子，試圖帶起話題轉移靈風的消沉情緒。

靈風重重的嘆了一口氣，將他在過去族群中所知的關於精靈女神與其神格的消息，還有與靜刃最後斷開連結的情況，如實轉達而出。

神格，據傳那是新界遙久之前的產物。在精靈族的傳說裡頭，有提到在那已無法考據的遙遠過去，曾經有「神」存在於新界奇蹟星上，那些神各自擁有所謂的「神格」，那是成為神的依據以及神的力量來源。

神之間也會彼此互相征戰，吞噬對方的神格，獲取更加強大的神力。在傳說的最後，所有的神在一場爭鬥中都消失了，世界忽然不再受到神靈保佑，許多依附神靈的族群一一在歷史的更替中毀滅與消失。

精靈族曾為那些民族的奴隸，直到那時才算是真正的崛起。

第一任的精靈王也是在那時期誕生的。

精靈王向族群許諾他願將自己的靈魂奉獻予族群，生生世世保護精靈一族。

而在精靈族將近萬年的漫長歷史中，有一位再普通不過的精靈女子，機緣巧合的得到了一顆破碎的神格，那或許是新界上剩餘且唯一的神格——儘管它是不完整的，卻也足夠讓那名精靈女子擁有了無上神力。

那名精靈女子名為「泰瑞娜絲」，從此便以「精靈女神」自稱，試圖想要與精靈王並駕齊驅。

然而精靈王擁有的權能是向整個族群許願得來的，被賦予了對族群所有存在的絕對壓制，這使得精靈女神無法順利將精靈王掌控在手，哪怕她拉攏了再多信徒，也無法取代精靈王在每一位精靈心中的至高地位。

比起轉化為精神體，只要神格存在就永恆不滅的精靈女神，精靈王每一世的壽命都是有極限的。當那一世的精靈王逝世，精靈女神便趁著下一任王者誕生前的時間，趁機在族群裡頭樹立威嚴、幫助族群、拉攏了一大票為她獻上神格所需要的信仰之力的信眾。

等下一世的精靈王誕生以後，精靈女神在族群中已經擁有了將近三分之一的支持者。當時的精靈王對此不表示任何意見，僅僅只是警告精靈女神絕對不可做出背叛族群以及傷害族群的事情，精靈女神也應許了。

然而漫長的時光過去，始終被精靈王壓制，又因為成為神靈而無法得到精靈母樹認同的精靈女神，恨上了精靈王以及精靈母樹，最後終於在靜刃和靈風前世精靈王那一代，發動了戰爭。

當時的精靈女神使用長年累積下來的神力，在瞬間重創了精靈母樹，而那時的精靈王必須分神維持母樹的生機，因此無法對精靈女神展開全面的壓制，才讓精靈女神有機會趁機煽動信眾起身反抗王權。

「……之後的事情，相信你們也從羅剎那聽得差不多了，就是上一任精靈王重傷、母樹接近死亡，魔女牧非煙以及羅剎大人出現介入。」

君兒等人因為靈風的描述陷入一片沉默之中。

戰龍扯了扯嘴角，一臉鄙夷的說道：「『神格』……沒想到僅僅只是擁有這樣的物品，就能成為神？那人類那麼辛苦的修煉是為了什麼？大家都去搶神格就好啦！」自幼被戰天穹穩紮穩打磨練出一身實力的他，對於那種平白得到神格就能成神的說法不屑一顧。那樣的實力終究只是依靠外力，永遠不可能成為自己的力量。

靈風笑了笑，說道：「戰龍你說得對，可惜那個神格已經破損，並無法讓人真正成為神，充其量只算得上是『半神』，或者是『偽神』的等級。也因此那位精靈女神空有神力，卻沒有相對應的心性與戰力。那就好比一個孩子拿到了一把槍，只會拿來威嚇別人，卻不知道如何按下扳機一樣；但靜刃的情況就如同一位成年人拿到了槍一樣，而且他還是個實力強悍，能夠妥善運用那把槍的人……」

說到最後，靈風的神情變得嚴肅。

「我不得不承認，靜刃很強，他真的很強。繼承了精靈王累世的記憶與經驗，他的強悍確實不是我這個沒繼承記憶的弟弟能比的，他比我強上了百倍之多——但我還是不懂，為何他要成為神，那可是會化為精神體的。成為精神體雖然能夠自由穿梭許多限制和虛空屏障，可是只要神格一被消滅，他也會跟著湮滅……難道他只是想要透過這樣的形式，擺脫長久以來精靈王的宿命嗎？」

靈風真的猜不透靜刃的想法。靜刃背負的太多，從來不曾將自己內心所隱藏的表達而出，這點就連與他靈魂雙生的靈風都不懂他究竟在追求什麼。

「想不通就別想了。」卡爾斯結束了聯繫星盜團手下的工作，沉重的看著靈風。「漢諾雅和羅伯特他們最慢三天就會抵達滄瀾城。我們這邊會透過靈風給我們的管道聯繫一些永夜精靈族人，但現在我們要先計畫如何把靈風神不知鬼不覺的轉移出去。」

「這簡單！」戰龍爽朗一笑，「卡爾斯，你的手下會開宇宙戰艦來嗎？會的話，我直接帶著靈風用空間瞬移把他送到戰艦上就好了，保證沒人知道精靈王偷偷離開了！」

「好，那這部分就交給戰龍你了。」卡爾斯略微鬆了一口氣。

反倒是靈風覺得不妥。「等等，這樣學院裡頭不就只剩下卡爾斯了嗎？要是『魅神妲己』這個時候動了什麼手腳怎麼辦？」

「放心，我可以不用直接帶著你到宇宙戰艦上，只要撕開一處空間，連接這裡和宇宙戰艦，然後把你塞過去就好！保證藥到命除……不對，說錯了，是使命必達！只是沒有我帶領的話，獨自穿梭空間會很刺激而已，祝你旅程愉快。」戰龍笑得開朗，說的話卻讓在場三人額冒黑線。

「靈風又不是貨物……算了，這樣至少也是個好辦法。」君兒揉了揉這段時間一直沒能鬆開的眉心，無奈的說道。

這事就這麼敲定了。

靈風繼續休息，只是因為突然變得空閒，害他忍不住又開始有時間胡思亂想。

……又被，丟下了啊。

從靜刃失蹤那次開始，再到上一次在碎石帶見面那次，注意到雙生兄長的實力已經遠超過自己，那種挫敗累積到了現在更加深刻了。

這一次，靜刃可是連他們兩人的靈魂連結都割捨掉了。

什麼都……沒有剩下了……

「……靈風，你在哭嗎？」君兒有些猶豫，不過還是將這話誠實的問出口了。她關心的看著靈風，抬手撥開靈風遮掩住眼神的瀏海，果然看到了一臉蒼白的英俊男子臉上掛著象徵懦弱的淚痕。

看著這樣的靈風，沒有人會相信這是永夜精靈族那位瀟灑又成熟的精靈王，反而讓人覺得他像個迷失的孩子一樣，無助又無比脆弱。

「啊？」靈風愣了愣，一時間竟沒有撥開君兒的手，清澈得彷彿未曾被世界汙染過的眼眸就這樣傻望著君兒的星星之眼。

君兒嘆了口氣，收回了手，讓靈風的瀏海再度將那雙漂亮的黑眸遮掩而去。

「靈風是不是在想自己被哥哥丟下了？」

「……」靈風張了張嘴，卻是無言以對。最後，他才沙啞著嗓音回道：「他不是我哥哥。」

「那就不要為一個將你拋下的人難過了。人總是會成長的，彼此交錯的軌跡也總有錯開的一日。古諺語有言：『天下沒有不散的筵席』，靈風就當是靜刃正式跟你告別的日子到來了吧。我相信他一定也是極其困難的下了決定，才會做出這樣的選擇的。靈風你不能繼續沉浸在過去的痛苦以及對自己無能的自責情緒裡頭了。當你還困在過去的時候，靜刃已經走得比你更遠、更遠了……現在，就看你想要果斷的追逐上去，還是換一條路、堅持自己的信念了。」

君兒的話語聽似嚴厲，但言談間帶上了幾分溫柔，就是不想靈風這樣消沉下去。靈風其實沒有那麼堅強，相反的，他是個很純粹的人，就像那自由自在的風一樣，只是這樣的他更容易被親近重視的人傷害。

「我大概只是……只是、不甘心被丟下而已。」靈風喃喃自語著。「什麼也做不了，什麼也辦不得，明明應該是最親近的人，卻最不了解、最感覺陌生……」

一旁的兩名男性無奈的看著靈風，沒有出聲安慰或勸阻。僅因他們了解那種傷痛，最親近的兄弟反目成仇，曾經最敬愛的兄長如今持劍相向……比起擁有累世精靈王記憶的靜刃，靈風單純的像個開朗的大男孩，因此思緒最容易糾結、最容易受傷、也最容易迷惘。

「笨蛋妹妹，妳的肩膀借我靠一下、靠一下就好。」

靈風靠到了君兒肩頭，然後在眾人面前開始宣洩他的脆弱。

＊＊＊

在世界遙遠的另一端，靜刃站在他過去最熟悉的那片懸崖上，眺望被虛空屏障保護於中心的奇蹟星。他第一次沒有以冷漠壓抑自己的真實情緒，臉上掛著的是與靈風極其相似的溫柔笑容，卻比靈風的灑脫開朗多了幾分沉穩。

「這樣就好了……這樣，就好了……以靈風的性格，他現在應該是在哭吧？呵呵，那個傻瓜弟弟。不過，這樣的他才是我們所期望的『單純』……未曾遭到汙染過的『空白』，就讓我這個被歲月染上汙漬的哥哥，為你斬斷命運的枷鎖吧……」

「魔女，我來了——請妳準備好妳的靈魂，等我親自將妳迎接過來吧！」

靜刃握緊了雙拳，半透明的人影張開了比過去更加燦亮的紫金色光翼，一頭撞進了眼前的虛空屏障！

Chapter 138

甦醒的遺跡

一隊裝備精良的人馬在一處茂盛的叢林間休息。儘管他們用的是最高級的裝備武器，還是因為叢林中強悍的變異魔獸而失去了不少精英、毀損了不少裝備，人人身上帶著傷，神情不是冷漠就是慘淡蒼白。

「隊長，又有一個小隊失去聯繫了。這是自探索開始第二支失聯的小隊了。」一名負責聯繫其他隊伍的組員走到被他稱作「隊長」的男子身邊，語氣沉重的轉達了這件事。

「嘖，每一個小隊不是都有一位星界級的強者還有十位星海級附庸嗎？那可是超過一百人的大型探險團啊！妲己大人這一次是下了血本，一口氣的召回本來外派的探險團隊，沒想到還是……」

男子一臉焦躁，他環顧四周，就連自己的百人隊伍才僅僅是走到禁地中層區域的地方，就已經損失過半，十位特別安排的星海級附庸也死了三位、重傷三位，剩下的各自帶傷——他X的這裡到底是什麼鬼地方啊？！

男子看了一眼他們的目標所在，那被重重樹海包圍的仍在運作的「生命遺跡」，他開始對這一次的任務產生了退縮感。就算他是這個探險團隊中唯一的星界級強者，勉強可以在這樣高危險的環境下，以受一點輕傷的代價順利抵達目的地甚至是逃離此處，但現在身邊多了那麼多負累，這使得無論是前進還是離開都成了一大難題。

更別提就算他們真正進入了禁區深層，也就是那座「生命遺跡」外圍，是否可以從那些只要偵測到入侵者就會啟動自動清除外來者的符文激光柱攻擊下存活下來，都還是個問題。

但一想到擅自逃離任務的下場……饒是這名實力強悍的星界級強者，還是忍不住抖了抖身子，感到後怕。像他這種高實力的組織成員，一旦犯錯，可是直接由「魅神妲己」親手執行懲處，他曾經不止一次看見那位嬌豔絕色的守護神，以殘暴可怕的手段活生生將犯錯的同儕折磨致死的畫面。比起那樣的死法，他寧願被符文激光柱轟成宇宙塵埃。

「隊長，要繼續前進嗎？」組員凝重的問道。

男子揉了揉眉心，最後下達了命令：「……繼續前進！」

很快的，隊伍再次前行——

就在被無數探險隊進入的生命禁區「生命遺跡」的深處，那沉睡於冰冷白水晶礦叢中的白髮男子，猛地睜開了金燦眼眸。

男子瞇起了金眸，目光望向了遙遠的某一處。

「有人穿過我的虛空屏障……是『神』的力量？不……似乎不是真正的神，而是掌握了不完整神格的『半神』嗎？」

男子試著動了動被封困在白水晶中的軀體，發現自己的力量還沒有完全恢復，這讓他冷哼了聲：「我的力量還沒完全恢復，時間不多了……羅剎呢？……不在神陣裡頭，去哪了？魔陣噬魂那裡的力量怎麼那麼混亂？……嗯？哪來的蒼蠅？」

男子像是感覺到了什麼，將目光落到了遺跡之外的地方——在那裡，九天醉媚終於有第一支探險隊成功進入禁區深層，來到了遺跡外圍所在之處，此時那群團隊正在小心的潛入傳說中會將所有入侵者全都轟成飛灰的符文激光柱出現的區域。

「雖然很不想這麼做，不過我現在最缺的就是時間讓我恢復力量……」

男子闔上了金眸，遺跡在同一時間發生了變化。

本來被藤蔓與草皮覆蓋住的遺跡，突然顫動了起來，大塊的土石崩落，樹木傾倒，隱藏於塵土之間的遺跡竟開始拔高上升！

那自人類發現以後幾千年未曾顯露真容的「生命遺跡」，第一次在世人眼中嶄露了它的全貌！

隨著遺跡升起，也引發了劇烈的地震。本來已經接近遺跡外圍的人類探險隊，各自驚慌失措的逃離該處，而居於此地的魔獸也跟著四處奔逃。

有研究員曾經根據「生命遺跡」外圍的地形推論，「生命遺跡」的全貌應該是最常見的四角金字塔，然而當「生命遺跡」真正完全自塵土中脫離時，那飄浮於半空中的四角菱形晶體的型態卻打破了過去的推測。

巨大的菱形晶體在陽光下折射出耀眼的光輝，而晶體在接受太陽光照耀片刻後，金燦色的符文自晶體的中段亮了起來，組合成了極其雷同神陣塔頂處的圓形大型法陣。一層又一層不停向外擴散的法陣，覆蓋了整個生命禁區的天空。

這時，有幾頭因為地震而驚恐四處奔逃的魔獸，在要逃出過去未曾踏足的外界區域時，忽然一頭撞上了一層彩虹色的半透明光膜！

那層光膜制止了所有存在的離開，自然也包括了人類。

魔獸像是面臨什麼逼近的危機，發了瘋似的開始衝撞透明光膜。一頭頭的魔獸加入攻擊光膜的行列。

九天醉媚分開前進的探險隊開始會合，曾經參與過龍族或精靈戰爭的星界級強者，看著那層阻擋魔獸離開的光膜，眼神滿是驚愕。

儘管地震因為遺跡的升起而慢慢和緩，然而事件還未結束。

萬里無雲的天空，突兀的下起了血色的紅雨。

那雨來自於天空覆蓋的金色符文法陣，點滴卻腐朽著所有接觸過紅雨的存在。翠綠的叢林染上了血色——樹木被血雨腐蝕、生命在越發猛烈的血雨底下死去。

幾名九天醉媚的星界級強者無法離開，只好各自張開自己的領域試圖抵擋血雨的侵蝕。然而，那雨竟然毫無滯礙的穿透了領域的光膜，竟是連星界級的強大領域都一同溶解了！

一想到自己之後也會變成那樣，很多人頓時精神崩潰。有人嘗試將本來要用於攻堅遺跡的武器拿來攻擊彩虹光膜，有人施展最拿手的攻擊加入破壞彩虹光膜的行列，但彩虹光膜仍然沒有變化。

「——我不想死！」

「誰來救救我們啊！」

沒有任何人與獸能夠穿越彩虹光膜。

這殘酷的畫面，全都落到了半空飄浮的菱形遺跡深處，被白水晶叢包裹其中的白髮男子對外的精神感應之中。他看著絕大多數不知抱持著何種理由試圖探索此處的人類，心中只有嘲諷。

綠地化作一片血海，生靈腐朽，軀體消融，悲鳴與哀號交錯。

這場景，竟極其神似於同樣位於新界另一處的「魔陣噬魂」造成的情況！

原來，這裡之所以會擁有那樣濃郁充沛的星力，以及吸收這些星力賴以為生與成長的魔獸，便是「白金魔神」巫賢考量到可能會有需要使用這樣手段的一天存在，所以刻意營造出來的「養殖場」。

透過吞噬與吸收的方式直接取得其他性命的生命能量，將那些強悍的生命轉換為自己的能量。雖然這樣還是得花費點時間，但總比緩慢的復原來得快多了。只是這樣的力量畢竟是從無數生命中取得的，非常狂暴也不好操控，就算吸收了也得強制壓下力量中夾帶著無數生靈死前的怨恨。

「時間……我需要時間……」巫賢闔上了眼，開始吸收起法陣向他傳遞回來的力量，爭取時間早日復原他過去耗損的力量。

＊＊＊

就在「生命遺跡」發生變異的時間不久之前，那道能夠抵擋精靈與龍族入侵的虛空屏障，意外的闖入了一名黑髮黑眼卻是半透明身影的精靈男子。

靜刃漠然的望了身後的精靈領地一眼。

相信此時的精靈領地正因為失去女神與聖女，再加上執掌大局的精靈王的失蹤，而陷入一片混亂吧？不過，這不是他需要去擔心的了，此時的他，不想再去煩惱那些該死的「王」的職責，他要去實現他的願望了。

只是，當他闖入虛空屏障以後，頓時有種奇異的能量朝他壓制而來，讓他無法完整發揮新獲得的神力。

腦海中閃過了什麼，靜刃目光落到了遠方的奇蹟星上頭，眼神閃過一絲銳利。除去人類最強守護神「凶神霸鬼」以外，另有一位讓他不敢小覷的人類男子——「白金魔神」。

當時牧非煙和羅剎介入他們族群戰爭，並且結束了那場戰爭以後，在外頭離散的族人再回歸族群時，同時帶回了一名自稱是「白金魔神」人類男子的消息。

那名男子透過強悍的符文能力，在當時的世界各地構築各式各樣的奇異建築，有的被他掩埋進了深海、有的被他填進大地深處、有些則暴露在地表——從牧非煙的言談中，靜刃知道那名男子便是她的丈夫，一個強大的猶如魔神般的男子。

可惜，在上一代的精靈王離世之前，「白金魔神」就完成了建造遺跡的舉動，並且跟著陷入沉睡之中，讓前代精靈王沒機會打探到更多消息。

「白金魔神」到底目的為何？為何要不停的建造遺跡？以及……他是如何將精靈女神和那些背叛族群離開的族人，永遠抵擋於碎石帶以外的？這是上一世的精靈王在臨死前的困惑。

而今生靜刃誕生以後，那些前世留存的問題，有些得到了解答。

虛空屏障的出現讓精靈女神與其族群無法再隨意回到新界，恐怕那虛空屏障就是「白金魔神」最後留下來的手段了。那不僅僅是一種保護，更是一種隔絕……早有聽聞他試圖讓魔女能有再一次超越命運的機會，那麼這一切是否是他為魔女所做的瘋狂行徑？

他曾待過新界奇蹟星，卻在選擇背叛族群，遠離他鄉前往碎石帶的精靈族以後，便無法再次穿越那層彩虹光膜，很顯然的，虛空屏障擁有自動篩選進出者條件的能力。

這恐怕就是「白金魔神」為了在沉睡時，還能保護這個世界所刻意製作的防禦機制了……保衛一整個星系的防護罩，那是多麼強悍又可怕的存在。

不過，據傳巫賢本人已經沉睡了無數年，此時應該還沒甦醒。

就目前而言，靜刃還不願意與目前人類最強的黑暗守護神「凶神霸鬼」以及神秘的「白金魔神」交手，他的時間已然不多，留給魔女的時間也不多了，他只能勇闖人類世界，為自己的願望賭上一把。

「希望你不要在這時候醒來破壞我的計畫才好……」靜刃苦澀一笑，隨後收斂了情緒，注意到了有一隊巡邏監控神眷精靈族的人類艦隊正在緩慢靠近。

靜刃望了艦隊一眼，微微內斂了背後光翼的光輝，嘗試使用不久前才掌握的空間移動方式，撕開了空間，開始往奇蹟星的方向一路前行。

「嗯？剛剛螢幕上似乎閃過強大的生命體標示，是我看錯嗎？」戰艦上負責監控生命掃描雷達的工作人員揉了揉眼，茫然的看著空無一物的雷達，對方才那一瞬出現又消失的亮點感到困擾。

只是警告並沒有出現，他便索性將之當成了自己長期工作的疲勞錯覺了。也因此，他錯過了警告人類世界，有強大的異族生命入侵虛空屏障的機會。或許沒人想得到，會有精靈能夠隻身闖進虛空屏障，而不被虛空屏障排斥出去吧。

＊＊＊

看著眼前深幽的空間縫隙，靈風一臉驚悚，怎樣也不肯踏進去。

「哎，不過就像雲霄飛車那樣會『咻咻咻』的轉好幾圈，然後『咚』的一聲到達目的地嘛，又不是什麼大不了的事情。沒人帶領自然就要自己承受那樣的空間洪流，你早點習慣吧！就當是到達星域級前的體驗。去吧去吧，快出發！」戰龍雙手抱胸，催促著靈風。

卡爾斯用一種「請節哀」的眼神同情的看著靈風。「放心靈風，我以前也被阿鬼這樣丟回星盜團過，過程有點驚險，但只要你用豁達的心情看待，相信這會是一場短暫又愉快的旅程。」

「……我靠，老大，我在休息的這段時間裡，你跟我講了多少你被鬼大人踹進空間裂縫之後的悲慘遭遇，你現在是要我怎樣用豁達開朗的心情面對這種事情啦？」靈風臉色有些蒼白。

這段時間，卡爾斯和戰龍不停的對靈風做著隻身穿梭空間裂縫的心理準備，說什麼連接兩個空間，不過就是從入口出發，進入通道後身體變成純粹的元素，然後在到達出口後身體會重新組合起來而已。

但但但……他現在靈魂狀況不好，以這樣的情況獨自一個人進行空間穿梭，不會有什麼危險的情況發生嗎？例如從組之後的身體上下顛倒，頭接到屁股上去了那種詭異情況發生？

「笨蛋哥哥，你一定又在想有的沒有的對吧？趕快出發！戰龍說不會有事就不會有事！倒是你再不回精靈族，就會出事了！」君兒因為靈風的躊躇有些氣惱，她直接長腿一伸，硬是將靈風在還沒做好心理準備的情況下，直接踹進了空間縫隙裡頭。

「啊啊啊——！君兒妳——」靈風的哀號被空間縫隙吞噬殆盡。

卡爾斯的通訊卡片在幾個呼吸之後，傳來了星盜手下的聯繫請求。

「怎樣，人送到了沒？」

「老大，我們接到靈風了！空間通道真是個好東西，拿來搶東西直接運回基地一定超爽……等等，靈風吐了！」

「喔，那只是不到星域級卻又獨自穿行空間會有的後遺症而已，就跟暈船一樣。」卡爾斯幸災樂禍的回道。

「這樣啊，那老大，我們先把靈風送回『永夜之境』囉。你哪時候回來？這段時間兄弟沒活幹，身體都快鏽掉了。」

「我可能還要在滄瀾學院待上一段時間，你們就當這段時間是老大給你們的休假時間，不想在戰艦上待命的就滾回基地去找老婆孩子培養感情囉。」卡爾斯似笑非笑的交代了聲，隨後切斷了聯繫。

這時，君兒忽然皺了皺眉，像是想到了什麼似的，她開口詢問戰龍：「戰龍，既然可以空間瞬移，為什麼不直接設定出口地點在『永夜之境』呢？」

「哦，那是因為『永夜之境』太遠了，雖然我可以進行空間瞬移，但不是無距離限制的移動啊，移動的間隔距離會因為實力的提升而變長，可能連羅剎都沒辦法一次就傳送到『永夜之境』，但老爹應該可以，不過老爹現在不在嘛。」

戰龍解釋了一番，然後忽然靈光一閃的擊掌說道：「不然，君兒我們可以在學院裡頭嘗試短距離傳送！妳要不要嘗試看看單獨一人穿行空間的感覺啊？機會難得，過了這村就沒這店囉！如果是老爹，絕對捨不得妳經歷那樣的不適，不過人生總要有一次這樣難得的機會嘛，要不要嘗試看看啊？」

君兒無言的看著戰龍，對他這彷彿在推銷什麼產品的說法倍感無奈。難怪天穹有時候會很習慣用拳頭教訓戰龍——這全然是因為戰龍實在太欠扁了！

卡爾斯踹了戰龍一腳，鄙視說道：「羅剎說你蠢，果然真的很蠢！不要把空間穿梭說得好像在推銷什麼怪東西一樣，好好保留你的力量，哪怕只是一點點，也要全部用來保護君兒，知道沒有？！」

戰龍抬手撓了撓後腦勺，不解自己的提議為何無法引起在場兩人的共鳴。只是他還是繼續說服兩人。

「欸，真的很好玩欸，想我以前還沒到星域級的時候，就被老爹這樣從學院直接踹回家族；雖然一開始很不舒服，但幾次以後，身體會自然習慣那樣的情況，然後就會發現一些很好玩很有趣的地方哦！」

「……我懷疑你之所以能踏入星域級並且成為守護神，純粹是因為你欠虐。」卡爾斯一臉黑線的說著。

這時，羅剎辦公室的大門打開了，雪薇走了進來。只是她總是冷靜的臉龐，此時竟不同以往的染上了焦急與緊張。

「戰龍大人，生命禁區『生命遺跡』發生異常情況！」雪薇向戰龍報告道。

「啊？妳確定是『生命遺跡』，不是『魔陣噬魂』發生異常嗎？」戰龍訝異的再次確認道。照理來說會出問題的應該是他老爹那邊，怎麼換了個從來沒出過事情的禁區出問題？這世界是還要出多少問題才甘心啦？

「是『生命遺跡』！這是高空攝像圖，還有幾張從安全處拍攝來的畫面。」雪薇開啟光腦系統，將當地的畫面投影而出。

高空攝像圖顯示一座奇異的物體飄浮在空間，周圍擴散出了一道道圓形的金色符文法陣覆蓋了整處「生命遺跡」的禁區天空；另一張圖似乎是在遠處的山丘上拍攝的，顯示出了金色符文覆蓋的範圍底下，所見之處盡是一片血色；最令戰龍等人驚訝的，是一層彷彿虛空屏障的彩虹光膜，將血色限制其中。光膜內的血色大地對比外頭的翠綠草地，極大的反差令人驚愕不已。

「搞什麼……」卡爾斯皺了皺眉，那裡的情況與「魔陣噬魂」區域太過相似了，簡直就像是另一個「魔陣噬魂」一樣；而且那層彩虹光膜又為何與虛空屏障如此相似？

卡爾斯和戰龍不由得面面相覷。

「很多組織和團體已經向守護神發來了求救訊號，希望羅剎大人可以前往鎮壓，可是——羅剎大人現在不在呀！」雪薇一副就要哭出來的樣子。

戰龍苦惱的撓亂了頭髮，他現在要保護君兒，又不能離開，其他的守護神目前都不在奇蹟星上，那要派誰去呢……啊！

戰龍和卡爾斯交換了一抹眼神，同聲喊道：「魅神妲己！」

「不過她會去嗎？」戰龍狐疑道。

卡爾斯皺了皺眉，「先不管她會不會去，她不是之前有提過那座遺跡嗎？相信這樣的變化她可能會感興趣的！」

蘇媚也在第一時間接到了這個消息，她先是黛眉一皺，隨後卻是燦爛的笑了。

「正好，這樣也能鬆懈戰龍對我的防備。」她站起身來，對著身旁一位有著紫色頭髮的女子說道：「小凝，計畫繼續。相信我不在這裡，妳們應該更好得手才對……不要讓妮雅知道，我看她很疼小緋和小蘭，雖然她替我工作了那麼多年，但終究沒有自家人值得我信任。」

蘇媚不經意的將塔萊妮雅排除在計畫之外。

看著眼前眉眼之間與自己有幾分相似的紫髮女子，她嬌媚的笑了，抬手召出光腦系統，將自己即將前往鎮壓「生命遺跡」的訊息傳了出去，然後撕開了空間，轉瞬消失在空氣裡。

名為蘇凝的女子則是點開了自己光腦系統上一封蘇媚直接下達的任務通知，嘴角揚了揚，輕聲說道：「……先和皇甫世家聯絡好了。」

Chapter 139

高處不勝寒

新界・皇甫世家

富麗堂皇的建築，裝飾著精緻又美麗的雕刻與繪畫，各式各樣的珍品珠寶在透明的展示櫃中大方展現，炫富之意強烈。然而，這些表面上的富裕，卻難以掩飾因為皇甫世家繼承遺傳天賦的女子漸少，而逐漸衰敗、失去合作夥伴的窘境。

幾年前，慕容世家與他們聯姻出了意外，儘管不知何人為之，但原界慕容世家的族長以及其子嗣死去一事卻是事實。這讓新界的慕容世家族長大為光火，將一切罪責推到了他們皇甫世家的頭上，逼迫賠款，並且強勢介入皇甫世家的各大產業。

時隔多年，那些雖然掛著皇甫世家名頭的產業，實際上早就被慕容世家暗中奪去了權力，資產慢慢被轉移，只能緊緊攀著慕容世家這棵大樹，無法離開。

這也使得現任的皇甫族長皇甫宸幾乎是名不符實。

「可惡，要是贗品的事情沒有曝光，現在那幾位贗品都還能派得上用場，但既然被發現就只能廢棄掉了……事到如今，只能寄望那些離散在家族以外的遠親中，會有覺醒遺傳天賦的女子了。」

此時的皇甫宸踱步於家族的大廳裡頭，焦躁不已。

自從「贗品」大小姐的事情莫名其妙被公開以後，許多花大錢卻迎娶到贗品的家族對此表示憤慨，紛紛要求要「退貨」或者是換取「真品」，不然將要永遠斷絕與皇甫世家的商業往來關係。

儘管依附著慕容世家，但每一次請求，慕容世家總會獅子大開口的要求更多代價，這讓皇甫宸非常怨恨，卻是無力回天。畢竟，他們現在只能仰賴慕容世家的庇護……

「族長！」一陣匆忙的腳步以及男子難掩焦急的喊聲自大廳外傳了過來。

皇甫宸眉頭一皺，有些不耐的回道：「什麼事？」

「有件東西需要請您過目！」一位身著管家制服的中年男子走進了大廳，將一張資料卡片遞給了皇甫宸。

皇甫宸不迴避管家，直接著手開始檢閱卡片上記錄的資料，越看神情越發驚喜震驚。

「是誰將這東西拿給你的？」他一臉嚴肅的看著管家，嚴聲質問。

管家微微躬身，面色慎重的答道：「是一位家族裡的侍者在與我錯身而過的時候塞到我手中的，只是隨後我卻發現那位侍者竟然在廚房裡偷懶，質問了他，他根本沒有交給我這一封信。我懷疑是有人假扮那名侍者混入族中，將這份資料交給了我。」

「……到底是誰？」皇甫宸狐疑的反覆翻看卡片，卻瞧不出個所以然來。這只是張再普通不過的訊息卡片，並沒有刻寫來自於何處或者標誌屬於誰的標記。

「族長，您看這消息是真的嗎？」管家詢問道。

皇甫宸皺了皺眉，思索了片刻以後，說道：「我開放權限給你，你暗中去原界查詢家族的資料，看看這幾位女孩是否真是曾經的皇甫世家大小姐……我記得原界家族的資料當初已經被破壞掉了，你暗中聯繫幾位光腦高手，請他們嘗試復原資料，不要放過一絲一毫的可能性……原界那裡的產業幾年前全賠給了慕容世家，現在全由他們掌控，調查時小心點，不要驚動他們。」

「如果真的如同這張卡片裡頭所說的，那麼……我們只需要等待，相信帶訊息給你的人很快就會再一次聯繫我們了。」皇甫宸沉穩的下達命令，彷彿先前的驚訝沒有出現過似的。他很清楚現在的皇甫世家已經沒有什麼讓人好覬覦的地方了，就連最貴重的資產大小姐們也都被慕容世家控制在手中，那麼，對方找上他們，想必一定有其他的目的存在。

但也如卡片中提到的內容一樣，這可能是他們皇甫世家翻盤的一次機會。暗中將幾位離散在外的大小姐捕捉回來，之後再暗中賣出，又能換得另一個家族的友誼以及維持家族營運的資產。

皇甫宸為了換回以前家族的榮耀，不得不鋌而走險，聽信惡魔的蠱惑……

然而皇甫宸交代管家的秘密任務，還是被九天醉媚的人員監視了。就在滄瀾城中的一處平凡店鋪裡，被蘇媚交代任務的蘇族之人蘇凝，正一臉冷漠的站於店鋪裡室之中，聽著其他手下的彙報。

蘇凝隨後下達了命令：「讓組織裡的光腦工程師去跟對方接洽，然後將我們之前還原的那些資料交給他們。對了，這部分的任務是機密，不需要讓塔萊妮雅和其他成員知道，暗中進行。」

「是！」

「等皇甫宸取得資料後，你安排一位值得信賴的組織成員暗中監控皇甫宸的計畫進行，如果對方願意與我們合作自然最好，如果不願，我們也不用暴露身分。另外派人混入皇甫宸計畫要捕捉幾位女孩的隊伍中，然後讓皇甫世家代替我們將那些女孩抓起來……要盡可能的掃除任何會讓那些女孩的保護者查到是我們九天醉媚暗中動手腳的可能性，要將皇甫世家推出去當我們的代罪羔羊。」

「遵命。大人還有什麼指示嗎？」

蘇凝擺了擺手，手下便識趣的離開了裡室。然後，她垂首研究手中關於君兒、紫羽、蘭與緋凰四人的資料，試圖從資料和塔萊妮雅給的評價去理解她們的性格，以藉此計畫接下來的行動。

＊＊＊

就在一場陰謀正在策劃時，靈風終於回到了熟悉的故鄉「永夜之境」。

「王，您還好嗎？」一名精靈長老擔心的看著臉色蒼白的靈風。

就在靜刃成神那時，儘管距離遙遠，但這些靈魂與精靈王緊緊相依的精靈族人們，還是感覺到心中似乎有什麼連結斷了的感受。如同靈風再也感覺不到與靜刃的連結一樣，族人們也失去了那對王那發自於靈魂深處的感知，這令一向跟隨著精靈王的精靈們惶恐又失措。

儘管族群仍有一位精靈王靈風存在，但顯然族人們對於沒有繼承王者記憶的靈風，無法給予與靜刃相同的信任，開始有人對靈風這位王以及眼下情況提出質疑與譴責。

「我沒事。」靈風倚靠著母樹的枝幹，語氣平靜的回著。

儘管有長老協會安撫慌亂的族人，但他一回族後便要面對族人期許他有所作為的眼神，不禁有些心力交瘁。

他承認自己並不成熟，無法在這種情況下說出能讓族人心安的宣示與發言，但他已經盡力了！

為什麼……就沒有誰可以來安慰他呢？

這時候他多想待在君兒他們身邊，至少他們是真心關心他的，願意給予他關懷，而不是像族人一樣，將他當成了唯一寄託，只希望從他身上得到支持，卻從不回饋任何溫暖，那樣的責任真的讓人感覺沉重與疲累。
或許，靜刃就是不想再背負這些，所以才會背叛族群，才會去掠奪精靈女神的神格成神的吧？
精靈長老在一旁勸說出聲：「王，您不對族人再多說些什麼嗎？大家失去了另一位王的連結，雖然您對族人的天生權能又不如另一位王，但至少您還是我們這一族的王者，您可否——」
「好了，不要再說了。」另一位更加蒼老的精靈長老走了過來，是那位親自接引靜刃與靈風誕生的大長老。
「沒看到王已經很累了嗎？先讓王休息吧。」他的語氣嚴肅，不容置疑。
精靈長老憂慮的看了靠坐在母樹旁的靈風一眼，這才勉強點了點頭，轉身離開了。
大長老站在靈風身旁，深深的嘆了一口氣。
「王……不、靈風，你好好休息吧。我不會讓人來打擾你的。」
大長老的語氣雖然有著尊重，但更多的是面對後輩的溫柔。他親眼接引兩位王者的誕生，調皮的靈風與沉穩的靜刃不同，靈風並不像王，反而像個普通的精靈孩子。曾經愛惡作劇和惹是生非的靈風，如今哪怕成為了精靈王，對大長老而言，他終究只是個孩子……
「靜刃既然選擇了他的道路，那麼你也可以選擇自己想要的未來。打從靜刃割斷與族人之間的連結時我就明白了，每一任的精靈王都必須這樣被族人一直依賴著，他一定是累了吧？精靈王背負的不僅僅只是一個族群的未來，還得扛著無數族人的期許、盼望。王的存在既是好事，也是壞處，現在看來，卻是壞處居多。」

大長老嘆息了聲，拄著枴杖坐到了靈風身旁，陪靈風一同仰望頭頂的紫紅色樹葉。

「從這一次的情況就看得出來了。失去了與王的連結，族人就像是慌了神的小動物一樣，沒有了應有的冷靜與判斷。我們是否太依賴王了呢？習慣性的依賴讓我們不再獨立，只想要等待王的命令、王的指揮，完全沒有誰想要站出來領導，一個族群如果只懂得聽命於一個人，沒有辦法獨立思考，這樣的族群能存活下去嗎？……這是我一直以來的困惑。」

「大長老，原來你也有感覺嗎？」靈風苦澀一笑，他不是沒注意到這點，只是他身為王，是沒資格評斷自己族人對王的依賴。畢竟，真要說的話，這也是第一世的精靈王自己做出的決定，可以說是他們自找的。

「嗯。每一位的王都會在他誕生的那段歲月，為族群帶來不一樣的『變革』。我想，這是王最後留給我們的一場巨大的改革吧……靈風呀，你別怪罪自己和靜刃，誰都沒有錯，王沒有，族人更沒有。走出自己的路、選擇自己的方向，這件事並沒有過錯，或許這樣的選擇會傷害一些愛著你的人，但誰說這樣的選擇未嘗不是好事呢？無論是誰，都不能一直依賴著誰，然後不成長的。」

「近年來族群一直很和平，沒有什麼太大的進展，卻是有些停滯不前了。無論是心靈或者是生活上的發展都是。感覺族人過得太安逸了，一點危機感都沒有。難道沒了王，我們就什麼都不需要做了嗎？我想，靜刃是明白了王的存在再也無法協助族群成長，才會做出如此沉痛的決定吧……」

大長老感慨的說著，然後抬起乾瘦的掌心，如同靈風小時候那樣，輕輕的摸了摸靈風一向不讓人碰的腦袋。長輩的慈愛讓靈風的眼眶有些酸澀，儘管他長大了，但仍舊是那個希望有人安慰、希望有人明白他難過的單純孩子。

「孩子，雖然你生為王，但沒有誰能夠限制你選擇自己的道路。既然靜刃已經做出了選擇，你也該做出你的決定了。」

靈風點點頭，然後沉默了許久許久，才低聲說道：「……那麼，我想去見哥哥。我知道他成為神並且斬斷與族群的聯繫之後還不會就此罷休，他一定會來對君兒動手的。以前我幫不了靜刃，但至少我能阻止靜刃傷害對我同樣重要的君兒，然後，我要問他——」

靈風最後的話語被風吹得零散，卻還是讓身旁的大長老聽進去了。

大長老內心有些訝異、有些心酸、有些心疼、也有著欣慰。

「這樣啊……那就去做吧，然後不要為了自己的選擇後悔。你只要堅持信念，貫徹始終，總有一天你將會看到屬於你的天空……我們精靈一族依賴王太久太久了，也該是時候放王的靈魂自由，重新找回族群的活力了。」

「大長老……我還有一件事想要請你幫我。」靈風咬牙，在一陣猶豫過後，還是將自己的想法說了出來。「我想要力量，所以我需要使用靜刃很久以前跟我提過的那個方法……我記得族群裡有相關的記載吧？雖然過去的精靈王從來沒有使用過那種禁忌法門，但我想要嘗試看看。」

「你想要使用『遙久之刻』嗎？」

「是的，現在的我太弱了，這樣的我追不上靜刃的腳步，更無法從他手中保護我重要的人，我需要能夠與靜刃相抗衡的力量，所以——我需要向未來的我借用力量！我不想要未來後悔，現在的我有必須要去做的事情！哪怕需要付出代價，我也必須去做！」

看著執著認真的靈風，大長老有些猶豫。

「你確定你已經做好要犧牲未來的心理準備了？那個方法是過去某一任的王創造出來的，誰也沒真正實驗過，不知道那份禁忌法門究竟會造成什麼樣的影響……很有可能你在得到力量、完成任務之後就會死去，也有可能你會失去你最重要的東西，這樣也沒關係？」

「嗯，沒關係，我已經下定決心了。」靈風露出一抹燦爛的笑容，堅強卻又無比輕鬆。

「那麼，走吧，我帶你去存放族群記載的圖書館。」

「大長老，謝謝。」靈風想了想，張手抱了抱那身軀有些乾瘦的老者，他已經很久沒有和族人這麼親近過了。想起從前，這位大長老一直擔任著替自己收拾善後，溫柔與慈祥的安慰被靜刃責備的自己的好長輩。這一次他感受到了老者身體的衰弱，他有些難過這位昔日能夠將自己揹在背上陪自己玩耍的大長老，已經逐漸步入精靈的晚年。

「呵呵，別跟我說謝謝囉。我啊，只是希望靈風不要被族群束縛了而已，雖然我這樣說可能會被其他長老認為我叛逆與瘋狂吧。但我是真的希望你們能夠自由，族群真的已經腐敗了……不割捨一些，是無法繼續存續下去的。」

「大長老，我揹你好了。」靈風看著腳步有些蹣跚的大長老，想也沒想的直接在他面前彎低身子，示意大長老爬上自己的背。

「不不不，這不是要我減壽嗎？讓精靈王揹我，讓族人看到我可是會被責難的！」

「呿，你以前揹我的時候我就沒嫌你，快點啦。不知道誰以前就愛把我扛在肩上陪我一起玩的，現在我長大了，換我揹你不為過吧？別人要說什麼隨他說去，我會頂他你以前也是這樣照顧我的。」靈風不以為意，半強迫的逼著大長老爬上自己的後背。

「唉……真是……」大長老一臉無奈，但內心卻難掩欣慰。

看著靈風已然成長了的結實後背，大長老眼中有淚。他知道靈風已經做出了決定，而他也已經老了，或許沒機會看到靈風能走多遠了……

「……大長老，你比我想像的還肥。」靈風最後忍不住埋怨了一句。

「你這渾小子，就不能少說個兩句，讓我安心享受一下被後輩關懷的溫馨感覺嗎？」大長老下意識的喊出了對靈風小時候的稱呼，隨即面露尷尬，自從靈風長大以後他就沒膽喊他一聲「渾小子」了。唉，歲月弄人啊。

「可以的話，我不想聽大家喊我『王』，而是像以前那樣親切的喊我渾小子、調皮蛋，那樣多好啊。一個尊貴的稱呼，讓族人疏遠了我……好寂寞，只是相對於我的寂寞，靜刃他一定……」更寂寞的吧。

不停的輪迴，每一生都在這樣的隔閡下度過。

一聲尊貴的「王」，分離了王與族人的心。

高處不勝寒……

Chapter 140

尾隨的陰謀

一聲悶響在陰暗的小巷子裡響起。一個身穿黑色斗篷的人被打倒在地，再沒了氣息。

靜刃沉默的打量了一會對方，運用神力將對方身上的黑斗篷脫了下來，雖然染上了一些髒汙，不過至少足以遮掩他的容貌與那因為成神而轉變為精神體的身軀。

他利用神力，將斗篷撐了起來，並拉起兜帽，偽裝出一名男子披上斗篷的身形；只要不在陽光底下暴露自己半透明的手腳，他看起來就像一位身披長斗篷的普通人一樣。

這是他第一次潛入人類世界，在準備不足以及身處未知的環境下，所以他非常小心。

隨後，他仰望了天空中閃動的符文法陣一會。

他方才從被他襲擊者之人的口中探聽到，這裡似乎是個名叫滄瀾城的所在。而城鎮中心便是人類裡有名的滄瀾學院，也就是「陣神滄瀾」的主要根據地——憑著神力指引，他知道君兒此時就身處滄瀾學院裡頭。

然而，當他使用神力試探時，卻意外發現無法深入滄瀾學院，更無法查探到君兒的詳細位置。

「看樣子學院設下了保護，如果擅闖，可能會引來那位『陣神滄瀾』的注意。只能等待魔女自行離開學院再找機會下手了。」

唯恐「陣神滄瀾」察覺，靜刃決定先混跡在人群中打聽一番這裡的情況。

他眼神閃了閃，然後轉身混入人群之中……只是不久之後他又回到了小巷，在臨走前把倒楣遭到他襲擊之人的錢包順手搶走了。

不管在什麼樣的世界，有錢總是能使鬼推磨。

很快的，靜刃花了些錢找到一位情報販子，開始向他打聽起學院還有一些世界上的大事件……

＊＊＊

皇甫宸看著管家傳來的資料，眼神森冷。

「看樣子那位神秘人傳來的訊息是真的了……四位，不，有一位是贗品，但卻有三位真品大小姐流落在外啊……她們是怎麼逃出去的？這真是令人好奇的一點。而且那位贗品似乎與戰族的鬼大人關係密切，這幾位大小姐的逃離，戰族是否有從中介入呢？如果是真的話……戰族雖然說當時並不插手我們和慕容世家的聯姻，但顯然還是暗中動了手腳啊。」他憤恨的說著。

一旁的管家盡忠職守的問道：「家主，我們現在沒有能力與戰族抗衡，若我們介入這件事，是否會惹上戰族的那位鬼大人……？」

皇甫宸不耐煩的擺了擺手。「對方之所以要給我們這樣的訊息，十之八九是要拿我們當槍使；但戰族的那位鬼大人似乎也只在乎那位贗品，我們只要不動那位贗品就好。依那位大人對不重視之人的冷漠，我們只要做得小心，不要被人發現是我們動的手腳，應該不會惹上他才對。」

「家主，那我們是否要與提供消息的對方合作呢？」

「不需要。雖然我們皇甫世家不如以前，但還沒無能到必須倚靠一個不知來意的莫名組織。只是要格外小心他們另有圖謀而已，額外補償他們一些財富就好。」皇甫宸冷冷一笑，「哼，想要利用我們皇甫世家，也要看他們有沒有那個本事！」

「動用家族裡頭的隱衛，這件事不要讓你我以外的其他人知道了。」

皇甫宸交代此事給自己信賴的管家，決定不接受訊息提供者的援助提議。他也絲毫不害怕會得罪這個神秘組織，畢竟對方在商談合作時都不願講明身分了，可以見得對方的誠意不甚懇切，再加上對方只是私下轉達此事，而不是自己前去捕捉大小姐回來和他們談判，表示對方組織的勢力並不龐大，那乾脆由他們皇甫世家內部長年培養的秘密部隊進行任務就好。

另一方面，蘇凝也收到了皇甫世家拒絕合作的消息，以及作為感謝提供消息的費用，這早在她的預料之中。

「計畫繼續進行。呵呵，隱衛嗎？如果皇甫宸知道他們暗中培養多年的隱衛之中，有人早已經被我們暗中收買的話，會作何感想呢？」

就算皇甫世家不願意與他們合作，他們有的是方法利用皇甫世家……

＊＊＊

「抱歉，就麻煩妳們幫我去城裡買一些東西了。」君兒一臉歉意的將寫滿採購需求的單子交給了蘭和緋凰等人。

卡爾斯站在一旁，無奈的目送紫羽和他揮手道別，然後笑容滿面的撲進前方等候的蘭的懷中。

蘭無奈的接過君兒的那張單子，對她最近一直無法離開學院有些不解：「真是的，不過就是鬼教官和羅剎校長不在而已，有龍帝大人還有靈風殿下在，為什麼還要把妳限制在學院裡頭啊？是會發生什麼事情嗎？」

蘭等人並不知道靜刃的事情，更不知道靈風此時已經離開學院的事情，而戰龍也因為有急事要先離開。君兒淺淺的笑了笑，不打算解釋太多，只是說自己的恍神還是偶爾會發生，待在學院裡比較安全。

「既然這樣，君兒妳好好休息，我們幫妳把東西買回來。」紫羽擔憂的催促君兒趕快去休息。

「君兒，就交給我們吧。話說妳要吃點什麼零食小吃嗎？我打算逛一圈回來後去一趟小吃街，幫妳買點什麼吧。」緋凰主動提議，很快就得到了君兒的同意。

幾人又談了會要買點什麼小吃，緋凰等人這才離開學院，出發替君兒張羅生活物品去了。

君兒站在校門口，和幾位朋友道別。其實不能離開學院讓她多少有些無聊和煩悶，也必須一直麻煩緋凰她們，讓她有些不好意思。可畢竟離開學院後，若是她出什麼意外，羅剎的防禦法陣就無法保護得了她。

如果自己再強一點就好了……就不會這麼被動了。

「老大走吧，我們繼續修煉！」君兒不甘示弱的握起了拳頭，拉著不捨看著紫羽離開身邊的卡爾斯，前往學院的演武場繼續鍛鍊實戰技巧。

只是一想到因為急事而離開的戰龍，君兒心中不由得閃過一絲不好的感覺。聽說是龍族戰場上出現了必須由戰龍親自出面鎮壓的異狀，迫使戰龍不得不提前離開學院，趕往龍族戰場支援。再加上靈風的離開，眼下她身邊只剩下卡爾斯了。

以前沒有機會享受這樣親友環繞的熱鬧，讓君兒在親友們一一離開以後，有些不習慣這樣對比強烈的寂寞。也因為這樣的心情，讓她不禁思念起了前往魔陣噬魂所在的戰天穹。

「天穹，你哪時候回來……」

就在緋凰幾人離開學院以後，暗中隱藏在人群中負責監控君兒等人動向的九天醉媚特別任務成員，在第一時間將消息回報給了此次計畫的最高負責人蘇凝。

「大小姐們離開學院了。三位真品都在。」

「很好，讓其他人探聽一下她們此行的目的。」蘇凝開懷的笑聲自通訊卡片裡傳了出來。

負責監控的成員很快就跟了上去，他偽裝成尋常的路人接近緋凰幾人，聽到了幾位少女的談話，不久後就將她們的此行目的傳達了回去。

「相信皇甫世家那裡也收到消息了，開始執行我們的任務吧！哦對了，別忘了要那位被我們收買的隱衛暗中放跑那位藍色頭髮的女孩哦，我們還需要她去釣大魚呢。」蘇凝下達指示。

很快的，皇甫世家的隱衛聯繫上了皇甫宸，轉達了三位大小姐離開學院一事。

皇甫宸眼睛一亮，他近期一直焦急等候著隱衛回報消息，卻始終沒能等到三位目標一同離開學院的消息，如今終於等到機會了！

「那麼開始捕捉行動吧，小心點別被人發現了。如果有必要的話，暗中排除一些可能會對我們計畫造成妨礙的對象，同時也要防備那個將消息傳遞給我們的組織有所行動。」

皇甫宸太過相信自己家族培養的影衛，忽略了要防範隱衛內部的背叛。

皇甫宸的命令下達以後，那些佯裝成尋常路人的隱衛們各自有了行動。

就在緋凰等人開心逛街的時候，隱藏在黑暗中的陰影正朝她們湧來……

同一時間，混跡在人群中探聽消息的靜刃，敏銳的聽見了一個熟悉的名字，那讓他的精靈尖耳抖了抖，轉頭朝聲音傳來處看了過去。

三位氣質迥異的少女正在談論靜刃在意的那個名字。

「君兒好久都沒有出來逛街了，一直待在學院裡應該很無聊吧？」藍髮少女語帶同情的說道。

「沒辦法嘛，君兒狀況不佳，還是多休息得好。」紫髮少女回道。

粉髮的英氣少女這時忽然停了下來，走進了一旁的店鋪買下了某件東西。然後她回頭對兩位正在談話的少女埋怨出聲：「蘭、紫羽，快來幫我拿點東西啊，別只顧著聊天。可惡，早知道就把哥哥找出來了，這樣就不用提大包小包的東西了。」

緋凰抱怨出聲，若不是阿薩特臨時被別的教官找去談論課程的事情，也不會輪到她提東西了。

「誰叫緋凰妳自己要亂買東西。」蘭開口調笑緋凰，要知道緋凰手中有一半東西都是她自己要買的，不屬於君兒採購清單裡的東西。

「我只是順便……妳們自己不是也有買！」緋凰尷尬一笑，然後看了一眼蘭和紫羽手中的提袋，皮笑肉不笑的說道。

「好啦，幫妳拿一點。」蘭哈哈一笑，不再戲弄緋凰，接過了她手中的提袋，三人繼續逛街。

靜刃暗中調轉了個方向，朝三女的方向走了過去。他想要知道三人語中談論的「君兒」是否就是他認識的那位。只是，隨後靜刃注意到了，有好幾撥人馬跟他一樣，混在人群中，暗中監控著三位少女，且呈現包圍狀，看模樣並不像是在保護她們，而是另有目的的樣子。

靜刃嘴角揚起一抹冷淡的笑弧，緩下了跟上去的速度，遠遠吊在監控緋凰等人的人群後頭，就想當最後將之一網打盡的那隻黃雀。

緋凰幾人的警覺心畢竟沒有君兒那麼高，再加上皇甫世家的隱衛隱藏能力水平極高，這讓緋凰三人根本沒有發現自己等人自離開學院以後便被盯上，就等著她們自己走進陷阱裡頭……

靜刃邊揣測著那些人的意圖，邊透過精靈良好的聽力繼續聽著緋凰幾人的談論。就在一段時間過後，靜刃終於確定三位少女口中的君兒，便是他此行的目標了……只是，聽三位少女的談論以及最近他在人類世界裡打聽到的消息，永夜精靈一族已經正式出現在人類面前，而他的雙生兄弟靈風也以王的身分待在滄瀾學院裡頭。

靜刃忽然回頭往滄瀾學院的方向看了一眼，然後微微瞇起了眼。

儘管他已經和靈風斷開了雙胞胎特有的連結感應，但他卻直覺明白靈風此時並不在這裡。當時神格與他完全融合之後，自動剔除了烙於他靈魂之上的半翼契約，那麼那半份契約應該自然而然的回到靈風那裡，讓靈風擁有了完整的神騎契約……若是君兒正好在身旁，契約便會大量抽取靈風的靈魂之力給君兒，想必會讓只有一半精靈王靈魂的靈風因此變得衰弱，不得已只好先回母樹那裡休息吧？

不過，沒關係的，只要再忍一段時間，那迫害靈風的契約就能解除了。到時……靈風和他都……

靜刃眼眸黯了黯，然後終於等到了跟蹤三位少女的隊伍展開行動的時間。

Chapter 141

蓄意爲之的綁架事件

緋凰等人逛到了小吃街，只是平常這時間人群不多的小吃街，這天不知為何人潮洶湧，讓她們左閃右竄，最後只得選擇了一條平常小巷離開小吃街。

三人手上都提滿了東西，因為方才的人群而壓傷了幾個袋子，所幸裡頭的東西沒有被壓壞。但還是惹來三人的埋怨。

「真奇怪，今天小吃街是有什麼活動嗎？那麼熱鬧。」

蘭很沒形象的邊走邊吃，讓緋凰有些無奈的橫了她一眼，對於蘭將淑女教養完全拋於腦後的這件事感覺無言。

紫羽手上提著滿滿的提袋，臉上全是開心採購後留下的愉悅憨紅。

「好久沒出來買東西了，真開心。」雖然東西有點多，但許久沒有這樣掃街的紫羽一臉開懷。

蘭有些寵溺的看著紫羽，同時重重一嘆，說道：「紫羽，跟卡爾斯在一起很不自由吧？」

紫羽笑著回應：「沒關係呀，我也不是一個很喜歡逛街的女生，平常有什麼需要的東西就用光腦線上訂購就好了。如果不是妳們陪著，我恐怕也不會想要出來逛街吧。我只是想享受和朋友一起活動的開心感覺而已。」

「唉……妳啊，誰不選卻偏偏選了那個卡爾斯，真不曉得他有什麼好的。」蘭語出抱怨。這段時間她在緋凰和君兒的勸說下，勉強接受了卡爾斯將會成為紫羽丈夫的事實，而卡爾斯對紫羽的好她也看在眼裡，待心情平復以後，對卡爾斯的怒氣不再，取而代之的是妹妹就要出嫁的苦澀與寂寞，這免不了讓她最近總在埋怨奪走自己親愛表妹的臭男人。

「雖然這麼說，但蘭其實也想要找到跟鬼先生或卡爾斯那樣寵愛愛人的男人對吧？怎麼，想戀愛了嗎？」緋凰語出調侃，直接點破了蘭的心聲，惹得蘭也跟著漲紅了臉。

「哪有啦！光是說我，那緋凰妳勒？我可是知道阿薩特跟妳並沒有真正血緣關係的這件事喔！組織都查出來了，你們之間的兄妹血緣根本是個美麗的誤會。其實阿薩特也是個好男人，如果妳不要的話，讓給我如何啊？」

「蘭妳……！」緋凰一愣，卻是跟著臉紅了。

紫羽看著兩人打打鬧鬧，不禁輕笑出聲。

只是隨後，一切就這麼忽然的發生了。本來空無一人的小巷突然有許多人影自陰暗處走出，就這樣朝她們一擁而上！

「什……！」蘭還沒來得及反應過來，便被突然出現的蒙面人一掌敲擊後頸，直接暈了過去。

紫羽就想尖叫，下一秒卻被從後方襲來的蒙面人拿著一條散著香氣的手巾摀住了口鼻，緊接著蘭昏了過去。

「小心點，剩下這個不好對付！」一名蒙面人嚴聲警告同伴。

緋凰反應敏捷，第一時間就將手臂上掛滿的提袋當成武器甩了出去，順利阻礙了朝她攻來的敵人腳步！

面對接連倒下的朋友，她內心焦急，卻是果斷的決定先撤離前往求救——她一個人面對為數眾多的陌生敵人只會步上蘭和紫羽的後塵，那還不如趕緊回去聯繫卡爾斯，請求支援。

由於學院的生活太平和了，緋凰早就不再隨身配戴武器，只是這樣的習慣卻造成她今天只能赤手空拳的面對蒙面人的追捕。

「小心，上頭要完好無缺的，不要傷到珍貴的商品了。」

一名蒙面人喊出聲來，語中的那句「珍貴商品」一詞猛地讓緋凰心一抽。

緋凰語氣冷酷的問道：「你們是皇甫世家的人？！」只有皇甫世家，會用那種冰冷的語詞稱呼她們。

發話的蒙面人沒有回答，卻是將緋凰包圍在小巷裡頭。其他蒙面人似乎認為昏迷過去的蘭和紫羽沒有威脅性，便開始和堵在緋凰身後的同伴一起將她包圍了起來。

前後都有蒙面人，唯獨上空沒有，只是這條小巷剛好都是高聳的樓房，緋凰沒有君兒那樣的翅膀無法飛離包圍網，面對這樣的危機，她唯一能做的只有戰鬥了！

而這時，蘭發出一聲悶疼的咒罵聲，竟是幽幽轉醒——打暈她的蒙面人刻意拿捏好的力道僅僅只是讓蘭昏迷了短暫時間。

「白痴，你力道又沒拿捏好！」一位像是領頭的蒙面人對著某位同伴咒罵出聲。

「抱、抱歉……」

敵人這樣的對話，讓緋凰誤以為是那位打暈蘭的蒙面人失手了，她趕緊對著沒有蒙面人在身邊，還有些搞不清楚情況、正狼狽從地上爬起的蘭放聲大喊。

「蘭——快逃！回去找卡爾斯！快！」

蘭一愣，這才注意到了眼前情況。

下意識的，蘭使用了水系天賦在眼前築起一道水牆，同時凝聚水的力量將地板弄得濕滑，打算阻止敵人的追擊。

雖然注意到紫羽就倒在一旁，蘭也想過要先救助紫羽，但在學院的這段時間中，她跟著緋凰也多少學到了一些辨認時務的能力，眼下情況如果她選擇救援紫羽，恐怕就沒有逃跑求助的機會。

所以蘭逃跑了。

「快，追上去！」領頭蒙面人焦急的下達命令，「別讓她有機會求救！」

兩名蒙面人趕緊追了上去。

這使得緋凰眼前的包圍網略微鬆散了些。就是看準了這點，緋凰一個蹬腿，直接朝前方包抄她的少數蒙面人攻了上去。

至少要替蘭拖延住這裡的人！她必須拖越長時間越好！

靜刃隱藏在附近的空間縫隙裡頭，冷眼旁觀。

看樣子這群蒙面人似乎沒打算傷害三位少女，那麼他就靜觀其變好了。

蘭邊跑邊不忘側身將自己背後的小路弄得濕滑滑的，這讓那兩位追蹤她的蒙面人咒罵連連。

然後蘭終於有空翻出了通訊卡片，卻該死的發現自己沒有卡爾斯的聯繫方式！

早知道就不要鬧脾氣不加卡爾斯的聯絡方式了，現在要求援結果竟然聯繫不上他，那麼，剩下能求救的也只有君兒、阿薩特和塔萊妮雅教官了！

對於塔萊妮雅的信賴，讓蘭暫時忘卻了想要退出組織的念頭，下意識的將她列入了求救對象之中。簡單的發送了三封求救訊息出去，蘭繼續亡命狂奔。但儘管蘭跑到人群眾多的大街上，還是注意到幾位面色不善，混於人群中似乎也打算抓捕她的蒙面人同夥出現。

蘭最後乾脆在大街上製造起了混亂，以天賦能力弄塌攤販的棚子。一時之間大街陷入一片慌亂，咒罵聲四起。

另一方面，不知道蘇媚有這番計畫的塔萊妮雅接到了蘭的求救信，心焦自己學生情況的她第一時間就趕到了校門口，同時運用組織特有的定位方式試圖查找到蘭和緋凰的位置。

「塔萊妮雅教官！」君兒也趕了過來，在看到塔萊妮雅以後便排除了九天醉媚有介入此事的可能性。

塔萊妮雅臉上的擔憂是真誠的，想必也是收到了蘭的求救信。

「蘭她——」君兒一臉焦急的看著塔萊妮雅。

「我知道，我也收到她的求救信了。雖然不知道是哪方組織，但就不要被我抓到，我會讓他們嚐嚐九天醉媚的怒氣的！」塔萊妮雅難得的動了怒氣。

看著這樣為蘭等人擔心而氣憤的她，君兒是真心相信敵人並非九天醉媚！

然而，這一切都是蘇媚算計好的。

要讓一開始就被排除任務之外的塔萊妮雅擔當鬆懈君兒心防的要角，再加上蘇媚先前已然通報自己將會前往鎮壓「生命遺跡」的消息，此時已不在滄瀾城範圍裡的她，至少能讓君兒多了幾分願意離開學院的安全感。

卡爾斯跟在君兒身後，冷酷的掃視了塔萊妮雅一眼，心情與君兒有幾分相似。畢竟塔萊妮雅可是負責滄瀾城區域的九天醉媚組織高層，如果九天醉媚真有什麼計畫，不可能塔萊妮雅會不知道——早有聽聞她是蘇媚的得力助手之一，蘇媚不可能避開她暗中有別的計畫。

君兒和卡爾斯都是在星盜團待過的人，而卡爾斯成為星盜的時間最長，對於辨認一個人的情緒真實與否，他最擅長不過了。

只是這一次，卡爾斯仍舊被騙過去了……

「找到了，蘭現在在東區。緋凰她們的訊號找不到！對方似乎有遮蔽定位追蹤的符文道具。」塔萊妮雅心急的皺著眉看了卡爾斯一眼。她自然知道這位娃娃臉的陌生男子是紫羽的愛人，便也不阻止他加入救援計畫。

「我也要去！」君兒就想衝出學院門口，卻被卡爾斯硬生生拉住。

「君兒，妳乖乖待在學院裡頭！」卡爾斯嚴聲喝止君兒的衝動，強將她拉了回來。「不要忘了阿鬼他們的警告，現在只有我在妳身邊，我不放心。」

塔萊妮雅最後報出了一處位置，不等兩人，便轉身趕往蘭的所在。

君兒咬了咬下脣，心裡也有了片刻猶豫。

羅剎和戰天穹的警告言猶在耳，靜刃成神以及的靈風和戰龍的離開更讓她心生不安——但總不能讓她眼睜睜看著朋友出事情吧？！

「老大，抱歉，讓我任性這一次就好！」

「妳！……算了，出什麼事，老大用命保護妳就是了！」同樣焦急於紫羽狀況的卡爾斯還是答應了君兒的請求。

兩人離開了學院，朝塔萊妮雅報出的位置趕了過去。

就在君兒離開學院的那一瞬間，靜刃也感覺到了。

雖然不再身為神騎，但好說歹說他對魔女的氣息也算得上熟悉了，就在君兒離開學院，他的目光馬上落到了君兒所在的方向。

果然……他們說的「大魚」就是指魔女吧？沒想到人類之中也有對魔女感興趣的存在……幾年前放出的那個流言果真可怕。

蘭最後還是被制伏了，通訊卡片被奪了去，手腕上被套上一只限制天賦能力以及星力的手環。

「放開她！」塔萊妮雅第一時間趕了過來，這讓幾名蒙面人交換了眼神。

蘭被一名蒙面人扛上肩頭，這一次她沒有被打暈。

「塔萊妮雅教官，救我！」蘭驚慌失措的對著塔萊妮雅求救。

一旁的路人絲毫沒有救助蘭的意思，眼見情況不對，大夥紛紛退了開來。儘管有人已經聯繫了城區守衛，卻遲遲不見城區守衛趕來，顯然因為某事而拖延了他們出動維持城市安危的行動。

一向照顧學生的塔萊妮雅見蒙面人大膽的當街擄人，氣得俏臉泛紅，直接拿出了最強的實力張開了領域——可惜，塔萊妮雅的實力僅僅只有星海級，領域初成，無法像星界級擁有的領域那樣能夠將人困在裡面。

蒙面人儘管動作和星力受到限制，但還是留下了一人順利將塔萊妮雅擋了下來，另一人則是帶著蘭逃跑了。

塔萊妮雅畢竟是文職出身的教官，戰力立馬輸給專受戰鬥訓練的蒙面人一大截。

卡爾斯的咒罵聲遠遠傳了過來。他一上來就是殺招，劇毒領域加同樣染毒的匕首直接將和塔萊妮雅打得不可開交的蒙面人抹殺當場。

「搞什麼鬼？！」

塔萊妮雅喘著氣，指了一個方向，「快，那個方向……」

君兒和卡爾斯趕緊追了上去。

塔萊妮雅這時才注意到不對勁的地方，發生這麼嚴重的騷動，為何城區守衛沒有被驚動？莫非這是蓄意為之的行為？那麼究竟是誰有那麼大的權力能夠讓城區守衛不出現在混亂現場？

無數問號困擾著塔萊妮雅。她略作休息了一番以後，趕緊追上卡爾斯兩人的腳步。

這名扛著蘭的蒙面人顯然比他死在卡爾斯手下的同伴強上不少。一路上他始終沒有被卡爾斯和君兒追上，直將兩人引到了滄瀾城外……

緋凰氣喘吁吁的被蒙面人壓制在地，手上同樣被戴上了限制天賦能力與星力的手環，這讓已經精疲力盡的她無法得到星力的補充，連最後一點反抗的力量都沒有的被人帶到了滄瀾城外的一處林間，蒙面人似乎是在等待其他的同夥前來接應。

她看了身旁昏迷的紫羽一眼，心裡只期望蘭能夠順利求援成功。

而這時，有一群陌生人馬進入了他們隱藏的林間。俘虜她們的蒙面人驚喜的迎上前去，沒想到卻突然發生激戰，誤讓緋凰以為對方是前來救援她們的人。

只是隨後，當蒙面人們一一被擊敗，她們卻絲毫沒有得到解救，令緋凰心情登時如墜冰窖——顯然那並不是援兵。

領頭的是一位紫色髮絲的蒙面女子，她看了緋凰一眼，冷笑出聲：「真是個漂亮的美人兒。這樣的容貌再加上皇甫世家的遺傳天賦，拿去黑市販賣相信能賣不少錢吧？」

「妳是皇甫世家的人？」緋凰出口便是質問。

女子輕佻的挑起了緋凰的下頷，打量著她。

「才不是呢，皇甫世家充其量不過是我們的一枚棋子而已……真可憐，聽說妳在組織中的評價不錯，塔萊妮雅那女人似乎也有意要栽培妳作接班人，不過對妲己大人來說，妳們終究不過是隨手就能捨去的棋。反正以後不會再見面了，妳們也將會淪為商品，成為某一位世家子弟生育的工具，我就讓妳當個明白鬼好了。」

聽女子這樣說，緋凰本來眼中的戒備最後轉為震驚。

「妳是……組織的人？既然是九天醉媚組織的人，為什麼又要抓我們？！」像是想到了什麼，緋凰徹底白了一張臉。

她們的目標一開始就不是她們，而是君兒才對！

女子低低的笑著：「要怪，就怪妳們身為皇甫世家的女孩，再去怪那位女孩是妳們的摯交好友囉。如果不是這樣的關係，恐怕妳們還沒有那麼大的用處呢。這一次多虧了妳們和皇甫世家的協助，聽說我們的目標為了救妳們已經離開學院了呢……」

「啊，來了呢，故意放跑的那位真品大小姐順利的將大魚釣上鉤了。」

女子忽然看向某處，在那裡，一名蒙面人扛著叫囂不斷的蘭趕了過來。

蒙面人看著自己倒地的同伴一點也不驚慌，顯然早已預料此事。

「蘇凝大人，人帶到了。」

這位蒙面人便是皇甫世家中被九天醉媚收買的隱衛。他隨手將扛在肩上的蘭放到了緋凰身旁，並協助其他人將蘭綑綁了起來。

「辛苦囉，你會替你今日做出的明智選擇而得到相對的獎賞的。」

然後，緊接而來的是出現在緋凰視角裡的君兒和卡爾斯兩人……

緋凰用盡全力放聲大喊：「君兒快走！他們的目標是妳！」

只是，一切都太遲了……

Chapter 142

以「未來」爲代價的力量

時間回到靈風剛回「永夜之境」不久前。

靈風跟著大長老的指引，來到了永夜一族存放藏書記錄的圖書殿堂。

殿堂一樓擺放著供族人自由參閱的知識書冊；二樓則擺放著需要特別申請才能進入與翻閱的技術書籍；第三層則是由大長老直接管理，不開放給族人，就連精靈王要進入也得透過大長老才能進入的藏書室。三樓的藏書室擺放著歷任王者所有日記、經歷以及創造的法門技術、研究記錄，或一些歷任王者的興趣喜好手札，可以說是精靈王們的記憶核心所在。

過去靜刃曾經進入過一次，靈風當時因為愛玩所以沒有跟來，因而錯過了一覽圖書殿堂中豐富記錄的機會。新任的精靈王都會進入圖書殿堂待上一段時間，邊翻閱由族人記載的前任王者記錄，邊思考這一世所要繼續或新展開的工作。

但儘管靈風沒有進入過此地，卻也透過靜刃的轉述知道了一些事物的存在——例如，曾經有某位精靈王突發奇想的創造了一門據說能夠向後世的自己借用力量的神奇技術，那被稱作「遙久之刻」的法術，被詳細的記載於一本書冊之上，存放於圖書殿堂的深處。

不過，由於這項法術可能會導致未來走向不可預測的命運，甚至還有可能失去最重要的事物，因此這項法術被創造出來後並沒有被當時的精靈王使用過，而是被列為禁術，封存進了圖書殿堂。

靈風現在回想起來，當時靜刃之所以會無意間提起這個令他印象深刻的禁術，是否是已經預料到他會有需要使用那個禁術的一日呢？

今天，圖書殿堂中封印著歷任王者創造禁術書冊的密室，在間隔了無數年以後，終於再次開啟。身為資歷最深、資格最老的大長老，運用上一任大長老交給他的法術，將塵封已久的密室大門打開。當那石製的沉重大門打開，也同時灑落了因為許久未曾開啟而沉積的厚重灰塵。

靈風運用星力拂去了灰塵，在自己和大長老周身建立起一個簡單的小型領域，不想讓身體漸衰的大長老吸進那些會對呼吸道造成壓力的灰塵。

「自從接受上一任大長老的傳承之後，我已經快有兩千年沒有進入禁術密室了呢。」大長老笑了笑，內心感到滄桑，沒想到這一世開啟禁術密室並不是為了要將大長老的職責傳給下一任接手的新任大長老，而是要帶著他們的王，翻閱裡頭的禁術書冊。

「……大長老，抱歉。」靈風歉意一笑。之所以會做出這樣的決定，是因為他已別無選擇了。靜刃已經走到他無法跟上的所在，但無論如何，他也要試著追上去，總不能就這樣放棄追逐。雖然有其他禁術可以讓他在短時間內增加實力，但卻都是需要殘忍的祭祀才能擁有，相較之下，燃燒自己的未來換取現在的強大，並不用傷害到其他存在的性命。

大長老搖了搖頭，說道：「沒事，靈風就去做你想做的事情吧。」

大長老率先走進了禁術密室，然後運用法術點亮了裡頭的照明燈火。

這是一間只有五坪大小的空間，不同於外面的圖書間書架上都擺滿了厚重的書冊，這裡僅僅只擺放了一個以精靈母樹的紫紅色樹幹部分製成的紫晶書架，上頭零零散散的擺放著幾本有些陳舊的薄薄手札。

相比密室大門上堆積的塵埃，密室裡頭卻是一塵不染，似乎是因為密室裡設下了驅除塵埃的精靈法術，就連手札也都沒有因為歲月而枯黃破損。

大長老走到書架前，拿起了放置其中的一本手札。手札的封面以優美的精靈文字書寫著「遙久之刻」四個字，書封一角標注著一個姓名，顯然就是當時創造這個法術的精靈王名稱。

「禁術礙於族規不能帶離密室，就連王也不被准許，所以靈風你只能在這裡將這本書的內容全部記下。現在你我都無法長時間待在密室裡頭研究禁術，那可能會被其他長老發現……在這個族群失去一半王者連結的危急時間裡，你的一舉一動都可能會動搖整個族群。」大長老語出警告，蒼老的臉上有著嚴肅。

「我知道。」靈風慎重的點點頭，開始翻閱起了那本手札。

看著難得第一次主動想要學什麼的靈風，大長老心裡有著欣慰與心酸，他嘆了口氣，拄著枴杖默默走到了密室之外，將安靜留給了靈風。

大長老環顧了寬敞的圖書殿堂一眼，這裡的每一個書櫃，擺放的都是一位精靈王任期時的記錄、日記或手札。他來到一個角落的書櫃前，上頭的書冊比起其他架子上的老舊書冊看起來新了不少——那是上一任精靈王所屬的記錄書櫃。

大長老隨手翻起了上一任精靈王的日記，擁有三樓藏書室管理權的他，是除去王者之外另一位能夠隨意翻閱王者記憶的族人。這是第一任的精靈王特別賦予大長老的權限，因此，每一任的大長老都擔當著精靈王生命中最重要的長輩，或者是工作夥伴這類的重要角色。

他們可以說是最了解精靈王的人。因為能夠接觸精靈王們留下的手札，所以他們能夠透過這些書冊，看見每一任精靈王所背負的責任……

手上的書冊翻到最後一頁——據傳這是上一任精靈王在臨死前最後寫下的內容。

上頭用有些凌亂與潦草的字跡寫到：

女神的背叛，族人的傷害，母樹重創……

族群已到末路，吾已無法壓抑族群的瘋狂；

魔女的逼迫，靈魂的契約，萬年職責……

吾心已倦，來生命運難測，何時能得解脫？

短短幾行字，表明了上一任精靈王在壽命終點時的深刻疲倦。

當時的精靈女神煽動族人背叛，其實意味著王已不再是那些族人們的生命核心，也因為精靈女神與其信徒的背叛事件，動搖了精靈對精靈王的信賴與質疑王的權能是否有所缺失或殘缺，不然為何會有族人做出背叛王者旨意的行為來？

而此生更是因為靜刃割捨了屬於他那一半的王者權能，僅剩下靈風一人所擁有的一半王者權能不但無法壓制精靈，反而引來反彈效果，激起族人更多的質疑與違逆反抗。

不只前一任的精靈王在最後留書表達了自己身為王的疲累，前前一任、前前前一任……的好幾任精靈王都是。族人的依賴，永世記憶的累積，沉重的職責不停的壓在同一個靈魂身上，讓一開始許諾要保護族人的誓言逐漸變質。

或許有族人會因為知道王的疲倦而抱怨他的不負責任，畢竟昔日是王自願承擔族群的一切與未來，現在竟然說感覺疲累就是不應該……既然如此，過去就不要對族群發誓要成為領導一族的精靈王！

但要知道，精靈的壽命一向漫長，為了擔負起族群的一切，精靈王成了另類的記憶殿堂，不停的記憶著每一世的輪迴所經歷的一切，忘不了也不能忘。一世職責、兩世資歷、十世累積……直到百世沉重，無數的輪迴成了一份巨大的傷悲。

「我們所能做的，只是陪著王承受那份沒人理解的重擔。」

這是上一任大長老在交接工作時，對著這一任大長老最後留下的提醒。

大長老闔上了上一任精靈王的日記，然後看了一眼一旁自靈風和靜刃誕生以後便新製作完成的紫晶書架。上頭空無一物，靜刃沒有留下任何記錄，更別提一向愛玩鬧的靈風。

「好幾萬年啊……王已經背負族群那麼久的時間了，也該自由了。」大長老心酸的說著，放回了日記。

這時，靈風從禁術密室走了出來。「大長老，我好了，將密室封起來吧。」

「……那麼快？」大長老一愣，有些擔心的皺起眉來。「靈風啊，你以前背《帝王論》就花了好幾年，雖然禁術沒有《帝王論》那麼複雜，但事關重大，你可別含糊隨便記憶，要是有一個環節記錯，可能會導致禁術失敗或者是法術反噬。」

靈風扯了扯嘴角，露出一抹哭笑不得的笑容來。他承認他以前是因為懶惰愛玩所以不想去背誦那些死板板的知識，但可不代表他認真起來就學不好啊！

「大長老，我真的全記下來了啦，還反覆確認了幾次，沒問題的。」

「因為你以前太讓人操心了，實在無法讓人安心嘛。」大長老埋怨道，但還是起身將密室大門封了起來，然後問起了靈風的決意。

靈風揚了揚脣，臉上有著自信。「我已經知道要如何進行那個法術了，這幾天準備完畢，我就會開始進行禁術的施展了……大長老，這段時間族人那裡就拜託你了。」

「我明白了。」大長老點點頭。「你要小心，施展禁術不要施展過頭了。」

靈風只是微笑，然後轉身離開圖書殿堂。

大長老目送靈風離開，看著他堅定沉穩的背影與步伐，不禁悲從中來。

或許，屬於這一任精靈王的書櫃上，將不會再出現任何一份日記或手札了；往後，也不會再有屬於新王的架子出現了。

＊　＊　＊

幾日後，靈風來到了精靈母樹底下，親密的碰觸著那猶如紫水晶般的樹身。他語帶孺慕的輕喚那孕育所有精靈的巨木。

「母親……」

精靈母樹回傳來了一道溫柔慈愛的意念，讓靈風倍感心安。

「我做了一個重大的決定，可能會因此傷害那些信賴著王的族人與深愛著我的您……」靈風有些愧疚的低語。

精靈母樹沒有任何譴責與抱怨的情緒，有的，只有那一如既往無條件的包容與愛——那是母親對於自己孩子的無限慈悲。

「請原諒我的選擇。」靈風就像是得到了母親的支持一樣，內心的愧疚不再，取而代之的則是堅強。

他抬手召喚出了自己的領域，並利用符文封閉了此處，隨後闔上眼，額上浮現了一對完整的羽翼契約——此時擁有完整的神騎契約，又比過去更成長的他，已經能夠單獨進行喚醒魔女牧非煙的任務了！

隨著力量不停注入精靈母樹之中，牧非煙的聲音終於傳了出來，人影也自母樹樹身中走出。

「又有什麼事情了？」牧非煙的聲音比過去和緩許多，或許是因為君兒的出現以及當時君兒對靈風表現出來的親密，讓她對靈風的態度稍微溫和了不少。

「等等，你身上的契約——？」牧非煙在此時注意到了靈風額上的完整契約，頓時驚呼出聲。

「魔女大人，事情是這樣的……」

靈風略微講述一番事情經過，同時提出自己的要求：「因為如此，所以我需要與靜刃相抗衡的力量來保護君兒，但就目前的我而言，還無法經由正常管道擁有力量，只能透過過去精靈王創造出來的禁術，以未來作為代價換取現在的強大。我想要請您開放給我進入母樹的權力，而當我在施展禁術時，會聚集大量的星力，您可以一同藉此加速治療母樹的任務，這樣也能加快您結束任務的速度。這樣一來，您就能夠更早離開，然後前往君兒的身邊了。」

牧非煙皺眉看了靈風一眼，問道：「你現在因為契約的緣故而與君兒有著靈魂上的聯繫，你將施展以未來作為代價的禁術換取力量，這樣是否會影響君兒？」

「魔女大人您請放心，別忘了契約是由我這一方單方面向君兒提供靈魂力量，君兒和我會依舊保有感應到彼此的連結感受，但並不會因為我犧牲了自己的未來而跟著被影響；相反的，待我擁有力量之後，她還能收到更多的反饋。」靈風恭敬又疏離的回應著。

牧非煙略微沉默了一會，最後才點頭同意了靈風的要求。擁有契約在身，牧非煙絲毫不擔心靈風會傷害君兒——除非他打算成為君兒的祭品。若不是過去契約一分為二，也使得契約的懲處效力下降，否則靜刃根本沒那個能力做出傷害君兒的事。

「既然這樣，那就開始吧，我想要早點去我女兒身邊了。」牧非煙難得語露期盼，一想到能提早前往君兒身邊，久違的思念便在心頭擴散。

上次短暫見面並不能讓她感覺滿足，總想要多陪陪那個在嬰兒時期就與她分離許久的寶貝女兒。或許這其中，多少也帶有幾分想要補償妹妹牧辰星的意思，她奪去了妹妹的愛人，這不是好姐姐該有的行為，而妹妹也可以說是間接因為她而成為終焉魔女。面對這一世新生的君兒，她所能做的，就是盡可能的去成為一名好母親了。

「雖然這需要一點時間，不過會比魔女大人您自行吸引星力修復母樹會快得多。有我在，母樹的復原情況應該會更好才是……畢竟，我可是她孕育的孩子，她更能接受我帶給她的力量。」

靈風慚愧的望了一眼精靈母樹，過去他也明白這件事，但小時候愛玩不想要被困在母樹裡頭，所以才沒打算這麼做。靜刃也因為需要忙碌族群的事，無法分神協助母樹治療。

現在，他終於願意放下玩鬧的心性，好好替母樹盡一份心力了。

靈風隨後表情嚴肅的說道：「就是這段時間我們將無法感知到外界的情況。希望一切都趕得及才好。」

「沒有時間了，擁有實力才能夠有效保護君兒，我們只能賭上一把了。」牧非煙輕嘆了口氣，雖然她也感到擔憂，但還是轉身走進了母樹之中。

靈風最後朝滄瀾學院的方向看了一眼，揚起一抹燦爛的笑容來，說道：「笨蛋，等哥哥我回來！」

這一次，他將擁有能夠與靜刃匹敵的力量，也能夠保護君兒了！

靈風進到了與牧非煙不同的母樹內部一處奇異的所在。這裡生長著無數散著紫色螢光的植株、環繞著中心包裹的一顆猶如心臟般的物體——那便是精靈母樹的核心。這裡可是連魔女牧非煙都不被允許進入的區域，是母樹唯獨只對精靈王開放的區域。

靈風走到了核心前方，抬手輕捧住了母樹核心，暖光四溢。

他深深的吸了一口氣，吟唱起了「遙久之刻」禁術中的祈禱詞來。

身處遙遠未來的我啊，那時的你是如何的模樣呢？
會否是像我祈禱的那般，充滿力量又優雅驕傲呢？
想必你已通過了苦痛與心酸，勇敢的跨越阻礙與困難，邁向了未來。

身處遙遠未來的我啊，不曉得你是否能聽見此時，來自於過去自己的請求？
現在的我，沒有能夠通往未來的勇氣，我承認我懦弱、我無能為力，
可我需要力量，前進未來。

身處遙遠未來的我啊，我向你請求來自於未來的力量，
將那份遙久之後的強大，寄託於此時此刻，
此時的我有必須去做出的選擇、有想要保護的存在，
我願燃燒我們的未來，為現世、為此時、為這個當下的我，換取來自於遙久之刻的力量！

隨著祈禱詞告一段落，靈風的意識瞬間從身體中被抽離，穿梭了歲月、飛躍了時間，似乎就要

通向「未來」的某處——

此時隱藏在新界滄瀾城一處空間裂縫中的靜刃，忽然看向了某處。

「終於開始了嗎？靈風……你的決定是對的。」他意外的笑了起來。「向未來請求力量，其實是不需要付出任何代價的。當時的王之所以會這麼寫下警告，只是要給現在的你一個考驗而已……寧願犧牲未來也要換取現世的強大，這樣強大且果決的信念，足以讓你掌握真正的力量。」

隨即，靜刃一嘆，心中浮現了幾分澀然與期待。

「真想見見未來的你會是什麼模樣，那一定是，我們無比期盼的堅強與驕傲吧。」

語畢，靜刃再次闔上了眼，繼續使用神力監控整座滄瀾城，他仍在尋找任何與君兒有關的消息。在知道靈風終於施展禁術後，他知道了，這一次是真的沒有誰能夠阻止他的願望了——一切全都在他的算計之中。

靈風和牧非煙料想不到，因為這一次類似閉關的舉動，讓他們因而錯過了君兒生死交關的那一刻……

Chapter 143

伴隨著危險而來的熟悉聲音

君兒和卡爾斯追著扛著蘭的蒙面人來到了滄瀾城外。

事到如今，君兒也無法考慮到遠離羅剎的保護範圍有多遠，只想儘早和卡爾斯一起將朋友們救出。而當她遠遠聽見緋凰的警告聲音，先是一愣，卻沒有停下腳步。

卡爾斯則是冷叱了一聲。他早就猜到，那位腳程速度極快，連他這個星界級的領域都捕捉不到的蒙面人的真正目的並不在於蘭等人，恐怕目標是君兒居多。不然以對方那樣罕見的極速，何必在每當逃得不見人影時，就又突然出現在他們的視野中，讓他們跟上去？

既然對方敢如此明目張膽的挑釁，也在在顯示著對方組織對於得到君兒這個目標勢在必行。

君兒不是個會考慮到自身安全而放棄救援友人的人，所以她在選擇追上來時，就已經做好身分曝光的準備了。

兩人終於被引到了滄瀾城外一處隱密的森林之中。

「魔女小姐，歡迎妳的到來。」

站立於緋凰面前的蒙面女子對著君兒行了個優雅的禮節，隨後她打量起護衛在君兒身旁的卡爾斯，從卡爾斯手持著的兩把刃尖染綠的匕首認出了卡爾斯的身分。

「沒想到冥王星盜竟然也在這裡，招待不周請多多見諒囉。」

女子輕佻又嫵媚的聲音讓卡爾斯皺了皺眉，儘管他很清楚眼前的女子不是蘇媚，但恐怕也與蘇媚關係密切——那言語中透露出的相似，或許可能是與蘇媚同一族的蘇族人也不一定。

卡爾斯的目光隨即注意到了倒臥在緋凰腳邊的紫羽，眼神瞬間染上了殺氣。

「如果不想死的話，就把人還給我！」

「這可不行。無論是魔女，還是這幾位真品大小姐，都是我們這一次的目標物哦。」女子輕笑出聲。

就在女子話語方落時，君兒和卡爾斯兩人的背後不遠處突然出現了一群蒙面人，竟是被截斷了退路。

而在這時，蒙面女子的身後出現了更多的蒙面同夥。林間的樹梢上同樣浮現了人影，天羅地網的架式顯然不想讓君兒有機會逃脫。

緋凰焦急的氣紅了眼眶，卻是束手無策，只能再一次的放聲大喊：「君兒快走不要管我們！她們是九天醉媚的人！」

聞言，她身旁的蘭頓時面色慘白，不可置信的環視了一眼那些由四面八方將她們包圍起來的敵人。

蒙面女子冷哼了聲，重重甩了緋凰一巴掌，然後旋身看向卡爾斯，眼帶寒芒。

「雖然冥王星盜的出現並不在預料的計畫之中，但如果能額外賺上一筆賞金似乎也不錯。我早想試試冥王星盜的身手。小女子幾年前踏足了星界級，至今還沒找到個合適的對手呢。」女子驕傲的說著，反手抽出了別於腰側的長鞭，重重的向空氣中一甩，發出了響亮的打擊聲來。

卡爾斯皺了皺眉，訝異於女子這番示威式的攻擊中蘊藏的精湛技巧，以及那隱約透出來的星力壓迫感，女子的驕傲來自於對自身實力的信任。

儘管卡爾斯已經進入星界級很長一段時間，但每個人的領域性質不同，個體的強弱只在同級之爭中占了四成左右的勝負比率，其餘六成完全取決於領域性質。

面對對方的挑釁，卡爾斯不甘示弱的冷笑出聲。他擺出了攻擊姿勢，眼神冷厲的說道：「太過於自信可不是件好事。既然妳知道我的名號，也知道死在我劇毒領域之下的人有多少吧？如果妳真的沒打算把那些女孩還給我，那就親身來試驗看看我的劇毒領域如何？」

兩個星界級強者的對峙，讓一旁的蒙面人下意識的退遠了一段距離。

只是同級之爭尤其慎重，一時間誰也沒了動作，情況陷入了膠著，氣氛變得凝重。

君兒使用精神力感覺了四周一番，那密密麻麻將他們包圍住的封鎖線，要突破恐怕十分困難，更別提現在她的三位朋友落到了敵方手中……

或許，可以將計就計？

「老大，你擋住她，我想辦法接近緋凰她們。」君兒低聲喚道，邊說話的同時邊比出了星盜內部的暗語手勢，告訴卡爾斯她的真正打算。

卡爾斯輕輕點頭，似是同意了君兒的話。

戰鬥轉瞬開始。

蒙面女子趁著卡爾斯和君兒交換意見的瞬間，直接張開了通體豔紫的奇異領域，就想將卡爾斯困在裡頭。然而卡爾斯卻是冷笑了一聲，同樣張開了翡翠色澤的劇毒領域，剎那便溶解了對方的紫色領域，反將對方困進了領域之中！

君兒運用符文技巧，再加上卡爾斯的配合，巧妙的閃過了卡爾斯的領域邊界，雙手憑空抓握出兩把符文劍，直衝緋凰等人所在！

看著君兒儘管身陷危險之中仍想要救援她們，緋凰和蘭不由得眼眶泛淚。

都是她們的錯！如果不是因為她們太大意的話，也不會讓君兒身陷這種危機之中的。至少，不要成為君兒的拖累！

這樣想著，緋凰開始掙扎了起來，就想把手腕上綑綁著的繩索掙開。

蘭忽然躺倒在地，竟是直接用牙齒幫緋凰咬起了繩索！她很清楚自己就算掙脫繩索恐怕也幫不上什麼忙，那還不如幫助緋凰掙脫束縛。

君兒一手利劍做格擋之用，另一手利劍則做攻擊用途，猛烈且迅疾的攻勢一時間竟是讓蒙面人們無所適從——對方接到了要將她完好無缺俘虜的訊息，所以攻勢上顯得有些束手束腳，無法施展全力，儘管有星海級的強者張開領域試圖將君兒控制其中，但君兒同樣憑著自己的領域硬生生抵擋住對方的領域束縛。

再加上符文的輔助以及她這段時間更精進的閃避技巧，君兒趁著混亂鑽了個空門，直接闖到了緋凰等人的身邊。

彼此之間沒有言語，君兒手持雙劍替幾人切斷了手上的繩索，然後因為時間不足，她只能先幫助緋凰解除了銬於手上的限制手環，讓緋凰恢復了戰力。

此時，她們四人被蒙面人們包圍住了。卡爾斯正在自己的領域裡與那位蒙面女子激戰，無法分神幫助她們。

君兒一個咬牙，低聲對緋凰等人說道：「緋凰，等等離我遠一點，我不能保證我解放力量的時候會不會錯手傷到妳們。」

「……我明白了。」

緋凰神情一肅，讓蘭揹起了紫羽，自己則護衛著她們兩人微微後退。

隨後，君兒深吸了一口氣，額間蝶翼圖騰浮現，背後也張開了那對絢爛美麗的蝶羽。

蒙面人們看著這一幕皆是倒抽了口氣，眼神浮現忌憚；緋凰兩人則是帶著紫羽朝君兒的反方向狂奔，絲毫不顧蒙面人就在眼前等著她們跳入陷阱——對緋凰她們來說，遠離此時的君兒才是最重要的！

君兒身後的蝶翼輕顫，剎那間染上了詭異的豔紫，深邃的黑眸變得陰森冷酷。

那瞬間自君兒所在擴散出的負面氣勢，令人感覺膽寒。

君兒第一次在沒有靈風、羅剎和戰天穹三人的場合解放魔女之力。這是一個可怕的賭注，她很有可能因為沒有人的協助，迷失在那樣的力量裡。但眼下似乎只有這樣的方法可以突出重圍，君兒沒得選擇。

現在的她還沒辦法完全掌控魔女之力，所以在釋放那樣的力量之後，會陷入一個短暫的瘋狂時間——這也導致君兒開始對所有眼前看得到的對象展開了無差別攻擊。

君兒比先前更狂猛且絲毫不留情的攻勢，讓本來束手束腳的蒙面人們的包圍網變得零散。也因為場中的混亂，讓本來包圍著緋凰幾人的蒙面人趕緊上前支援同夥，因此緋凰等人有了喘息的機會，掉頭就往滄瀾城的方向跑去。

然而因為君兒那渾身四溢的負面力量，無形間讓一些無法任意施展手腳而感覺憋屈的蒙面人，加強了心中憤怒的負面情緒。雙方不再壓制力量，就像是瘋狂了似的，只想將對方置於死地。

漸漸的，與君兒對戰的蒙面人開始有了死傷，猛烈的星力波動甚至還波及了卡爾斯的領域，在那綠色的光膜上頭震出了一片片漣漪。

這時，自滄瀾城的方向趕來了一群人，強勢介入了局面。

「小緋、小蘭，快過來這裡！」塔萊妮雅焦急的放聲大喊，就想找到自己的學生。她在被卡爾斯和君兒落下以後，趕緊聯繫了滄瀾城中她所能聯繫得到的組織成員趕來救援。

「緋凰！」阿薩特的聲音緊接著響起，他同樣收到了蘭的求救信，也正好和塔萊妮雅會合到了一塊。

然而，在林間奔逃的緋凰幾人卻沒打算往他們的方向靠近。

看著和塔萊妮雅一起前來的阿薩特，緋凰氣惱的放聲大吼：「你這笨蛋哥哥，快離開她！就是九天醉媚的人俘虜我們逼著君兒離開學校的！」

阿薩特聞言一愣，不敢置信的看向一旁也同樣愣然的塔萊妮雅。

「妳說什麼？！」塔萊妮雅一個驚呼，和身旁同樣震驚的組織成員交換了眼神。

就在塔萊妮雅的示意下，這些跟著她前來的成員和眼前的蒙面人戰鬥了起來，然後試圖扯下對方的蒙面——

「是你？！」

「你不是說要出個重要任務所以離開學院嗎？」

「為什麼你會在這！」

此起彼落的驚呼聲響起，大多是塔萊妮雅一方的人認出了那些蒙面人為同一組織成員的身分。

而在這時，君兒朝著人群聚集最多的所在衝了過來，她渾身染血，滿懷肅殺之氣。

看著君兒背後那對斗大的蝶翼，塔萊妮雅幾乎是在瞬間止住了呼吸。

「魔、魔女——！」儘管有所懷疑，但當證實時，事實還是讓她震驚！

這表示，那與君兒關係密切的鬼教官……不就是魔女謠言中的提及的惡鬼，「凶神霸鬼」嗎？！

這時，塔萊妮雅才真的明白她一直喜歡的那個人，距離她有多遙遠。

「喂，別在這時發呆，君兒的情況不太對勁！」阿薩特連忙喊道，果斷的扯著塔萊妮雅後退。

這時君兒已經對上了那些塔萊妮雅帶來的人以及原先的蒙面人。

君兒一直無法從那負面情緒中脫離，僅因沒了與她意識緊密相連的三人，使得她要掙脫那樣的負面意識變得極其困難。

君兒的意識被困在蝶翼圖騰之中，焦急又緊張的試圖壓制那不斷自體內升起的魔女之力。但沒了戰天穹等三人的牽制，這讓她控制魔女之力的情形陷入膠著，如果傷害到那些對她與朋友們存有惡意的蒙面人就算了，可阿薩特如今跟對方的團隊待在一塊，很難不被誤傷。

卡爾斯的領域光膜忽然解除，一名渾身衣著破爛的紫髮女子摔了出來，連連咳血，身上滿布的血痕顯示她傷勢頗重。也因為染上卡爾斯的劇毒，女子臉上的蒙面巾瞬間溶解。塔萊妮雅與同伴看見對方的容貌，更是驚訝。

「蘇凝？！」身為「魅神妲己」專屬暗部的成員，怎麼會出現在這？

卡爾斯同樣身上有傷。他沒有給蘇凝機會的反擊，冷酷的一揮匕首，紫髮女子頓時香消玉殞。

若不是先前要突破蘇凝身上的星力防護耽誤了他不少時間，不然他的劇毒早就將對方溶成一堆枯骨了。

不管蘇凝的死狀悽慘，卡爾斯目光隨後注意到了啟動魔女之力的君兒，因為她比過去還更加瘋狂的狀態而眼瞳一縮。

之前他在和君兒對練時接觸過解放魔女之力的君兒，當時有靈風在場，能夠透過神騎契約幫助君兒保持她的意識清醒，但現在靈風不在——

「君兒！」

卡爾斯試著呼喚君兒，然而卻意外引得君兒將注意力移到了他身上，竟是將卡爾斯當成了攻擊對象！

「該死！」面對轉瞬攻來的少女，卡爾斯只能狼狽的連連後退，同時還得壓制因為君兒負面氣息而不停攀升的負面情緒。

突然，一道不同於星力的力量介入了君兒以及卡爾斯的戰鬥中！

一隻有些透明的手突兀的憑空出現，搭上了君兒的肩膀。就在同一時間，君兒回復到正常狀態，換上了驚悚與震驚的情緒——本來暴動的魔女之力，竟瞬間因為那入侵體內的異常力量而被壓制了下去？

「魔女大人，隨意解放魔女之力是很危險的事。」

擁有特殊口音的男聲說著有些生澀的人類語言，語出警告。

一抹身披黑斗篷的人影接著走出了空間，直接出現在君兒的後方。所有人皆是神情愕然的看著這名突然出現的男子。

看著對方自空間穿行而出的舉動，卡爾斯一臉鐵青的喊道：「星域級！」

君兒臉色蒼白，她發現自己竟然無法動彈！

那份不同於星力的力量一入侵體內，不僅僅壓制住魔女之力，連帶也束縛住了她的身體。某種恐慌在心底擴散，先前偶然會出現的不祥預感竟在此時浮現。

「靜刃……」君兒的聲音帶上了顫音，隱約猜到了背後之人的身分。

「呵呵，沒想到魔女大人還記得我，不過幸好我那個一心只想保護妳的弟弟不在這裡，不然我又得再做些讓他傷心難過的事情了。」靜刃語氣淡漠的說著，聽不出他是惋惜還是鬆了一口氣。

卡爾斯暴出一句髒話，同時喊道：「君兒快走！」

他猛然爆起，直接使出全力攻了過去！

然而靜刃冷漠的掃了卡爾斯一眼，無情的說了一句：「不過只是個螻蟻而已。」

他手平抬身前，一個抓握便直接限制住了卡爾斯的動作。

成為半神，等同於擁有星域級實力的靜刃，面對實力低他一階的卡爾斯，幾乎是不費吹灰之力的直接重創了卡爾斯。

林間吹來了一陣輕風，不經意的吹落了靜刃用來遮掩容貌的兜帽，露出了他規矩束起的黑髮、那對精靈尖耳以及那與靈風相似的臉龐。

「——精靈王！」

還仍呆立現場的眾人不由得驚呼出聲，卻是錯認了靜刃的身分。

靜刃沒有理會那些閒雜人等，而是隨手將卡爾斯猶如垃圾一般的扔了出去。

君兒焦急的看著倒臥在地的卡爾斯，鮮紅的血液在他身體底下擴散……

「老大、老大——！」

久喚未得回應，君兒緊張的就要哭出來了。

靜刃回到了她身邊，然後輕輕一嘆。

「連命運都站在我這一邊……幾位本來守衛在妳身邊的人類守護神，此時都不在妳身邊；還有那位『白金魔神』也尚未甦醒。這樣正好，省去了很多麻煩……」

那在耳邊響起的男聲，讓君兒心情如墜冰窖。

這一次，她甚至連反抗的機會都沒有。

Chapter 144

魔女之殤

靜刃冷眸掃了那些大氣都不敢喘的人類一眼，嘴邊揚起一抹嘲諷笑弧。

「我一開始還以為引誘魔女大人離開那座神陣學院有些困難，沒想到人類之間也有覬覦魔女之力的愚昧之人存在……這次多虧了你們這場精心設計的綁架計畫，我才得以順利的接近魔女大人。」

緋凰等人也注意到了靜刃的出現，一時間竟愣住了；至於塔萊妮雅一方，則是如臨大敵，邊將受傷還能救治的同伴拖回，邊各自抽出了武器做出了防禦姿態。

「自我介紹一下，我是永夜精靈王靈風的雙生兄長，神眷精靈一族的精靈王，靜刃．影翼。」

靜刃鬆開了君兒，對著眾人行了一個優雅的禮節。

這時，君兒透過眼角餘光注意到了靜刃那半透明的身軀，不由得感到驚愕。靜刃真的成為神了嗎?!她試圖擺脫體內那神秘力量的控制，但身體彷彿不是自己了似的，怎樣也無法挪動絲毫。

靜刃在行完禮節之後，一個彈指直接利用神力限制住了所有人的行動。

一時間，大家都僵直在本來的動作上，面露驚恐。

而靜刃隨後像是感覺到了君兒的掙扎，他轉頭看向君兒，眼神竟帶有幾分的歉意……

君兒驚訝的眨了眨眼，有些不敢置信。

「為什麼……靜刃明明──」

君兒還想說些什麼，卻被靜刃忽然撫上自己腹部的手而止住了話語。她瞬間猜想到了靜刃的意圖，臉色變得極其蒼白。

「抱歉，之後我再跟魔女大人解釋吧。現在我的時間不多，得趁妳的守護者趕回妳身邊之前，將妳帶離此地……」

在場眾人見證了那殘忍一刻的到來。

靜刃半透明的掌心，毫無滯礙的探進了君兒腹部裡，惹來君兒撕心裂肺的尖叫聲。

那痛徹心肺的尖喊，讓在場眾人無不臉色鐵青。

緋凰等人就想大喊住手，然而聲音卻早被一同限制，只能眼睜睜的看著君兒被那位虛影模樣的精靈王施以折磨。

君兒因為那近乎要將靈魂撕開的疼，意識幾乎陷入一片空白，只剩下身體的猛烈痛楚──然後，彷彿有什麼東西被敲碎了一樣，劇痛在片刻以後消失了。

回過神來的君兒還有些意識模糊，不曉得方才那一瞬到底發生了什麼事。

靜刃抽回了手，自君兒腹部之中拿出了一顆光輝有些暗淡的暖暖光球。

待他拿出那顆光球以後，君兒額上的蝶翼圖騰以及背後的美麗蝶羽瞬間潰散，本來耀眼的黑眸只剩下一片空洞。

靜刃解除了限制在君兒身上的神力，讓她瞬間向後躺倒在地。

奇怪的是，靜刃的目光只駐留在手中的那團光球上頭，不再看倒下的少女一眼。他開口對著在場眾人說道：「對了，幫我向我的那位雙生兄弟還有『凶神霸鬼』傳訊，就告訴他們，如果他們想拿回魔女大人的靈魂，就率領永夜一族親自到我們神眷精靈族走一遭吧。」

「這樣就好了。走吧，魔女大人——」

靜刃揚起一抹罕見的開朗笑容，撕開空間，消失在了原地。

神力在他離開以後解除，緋凰第一時間撲向了君兒倒臥的所在，顫抖著唇，不敢置信的看著那眼神空洞的少女。她探出手，先是試了君兒的鼻息，隨後指腹又壓向了君兒頸間的脈搏。

……沒有呼吸，也沒有心跳……

「君、君兒……」緋凰直接落下眼淚，不敢置信的又探了幾次君兒的脈搏。

「緋凰！」阿薩特隨後回神，趕到了緋凰身邊，同時抽出武器，眼神嚴肅的面對那些包圍在旁的九天醉媚成員們。

塔萊妮雅在此時深吸了口氣，顫抖著聲音下達了命令：「派人全力救治卡爾斯先生，小蘭別碰他！冥王星盜的血液是天生的劇毒。」

「夠了，你們都走開！不要在那裡假惺惺了！」蘭早就走到了卡爾斯身旁，她本來打算要伸手去拉卡爾斯，卻在聽到塔萊妮雅的警告之後縮回了手，退到了血跡之外有段距離的地方。

她身上揹著仍舊昏迷的紫羽，渾身因為激動而顫抖著。看著臉部朝下，身下已被一灘血跡浸濕的卡爾斯，蘭忍不住哭出聲來。卡爾斯此時生死未卜，她不曉得該如何向背上的表妹交代。

「小蘭，請將卡爾斯先生交給我們，不然妳們沒辦法救治他！」塔萊妮雅焦急的喊道，同時指揮自己帶來的人將原本蒙面的組織成員制伏控制了起來，表達她和那些成員不同陣線的意思。

「嗚嗚……」蘭最後退了兩步，讓出了位置給塔萊妮雅的人救治卡爾斯。

塔萊妮雅則是親自來到了緋凰和阿薩特身前，愧疚卻很有誠意的說道：「抱歉，這一次我真的不知道妲己大人竟然透過她的直屬暗部來執行計畫；但一直困在這也不是辦法，就請你們最後再相信我一次，讓我們協助君兒的治療好嗎？」

緋凰早已淚流滿面，她看著塔萊妮雅張口就想拒絕，卻被阿薩特握住了手心。

「緋凰，就相信他們一次。塔萊妮雅是真心關心妳們，她確實不知道妲己的計畫。」這一次，阿薩特連對妲己的敬稱都沒了，無聲的表明他的立場。

「哥哥……都是我們害的……君兒、君兒她——」緋凰趴在君兒身上，開始放聲大哭。

「君兒她死了啊！」

這聲悲痛的吶喊迴盪在林間，讓本來揹著紫羽的蘭瞬間軟倒在地，雙膝重重的跪於地面，心情已被一片愧疚之情籠罩。

如果當時她沒有下意識的向君兒求助的話……

「為什麼、為什麼大家都在這個時候不在啊！龍帝大人也是、靈風大人也是，就連羅剎大人和鬼大人，為什麼大家都不在君兒身旁啊！連卡爾斯都……大家都——」

蘭想起了戰天穹向君兒求婚那時斷裂的主鑽，明白了這一切都是命運無形中的惡意安排——無論九天醉媚是否介入其中，多半只是那無形命運操弄的對象。

＊＊＊

就在此時，在遙遠所在的「生命遺跡」裡頭，某雙眼睛睜開了。

蘇媚一臉凝重的飄浮於被彩虹光膜封鎖的「生命遺跡」領地上空，她曾經試圖試探那層光膜，使盡了全力也無法將之突破，更別提從上方進攻也是如此，這讓她只能眼睜睜的看著遺跡中心懸浮的那座白色菱形遺跡而無法採取任何手段。

「真是……好想進去看看，裡頭究竟藏著什麼……」她徘徊在此地已有一段時日，好奇遺跡內部情況的心讓她有些焦躁。

蘇媚不由得想起了她之前要求蘇族人進行的計畫，媚眸閃過了一絲癲狂。「不曉得小凝的計畫進行的如何了？啊啊，真想趕快親眼見見魔女小姐，她體內那份真正的魔女之力，一定是個很美麗耀眼的力量吧？」

這時，許久沒有動靜的「生命遺跡」忽然發生了異常！

本來籠罩整片天空的金燦符文遽然收縮，血雨停止，光膜潰散——

蘇媚見此眼睛一亮，便打算趁機接近遺跡。

然而，一道冷酷傲慢的男性聲音卻突兀的自蘇媚耳邊響起。

「……星域級？」

男子話語方落，蘇媚眼前忽然出現了一道空間裂縫，一隻手接著探出，卻是直接扣上了蘇媚白玉般的頸子！

蘇媚錯愕的瞪大了美眸，不敢置信自己竟然連反抗的機會都沒有，便落到了對方手中。她思緒輪轉，趕緊裝出她最擅長的無害模樣，聲音可人溫柔的說道：「這位先生——」

「垃圾！竟然假造魔女之力妄圖模擬她的力量！」男子突來一聲暴吼，語氣帶上了極端的震怒。

接著，蘇媚只感覺頸上掌心的力道遽然加重，對方是真心打算殺死她！然而就當她想要反抗時，男子猛地一扯，將她拉進了空間縫隙之中……

靜刃正不停的穿梭於空間之中，他的臉上有著嚴肅。

他可以感覺到，就在君兒的靈魂被他抽離身體以後，新界上遽然甦醒了一道可怕且強大的意識——而那意識在甦醒的瞬間便盯上了他！

幾乎就在片刻之後，一道白金色的流光瞬間追上了不停進行空間跳躍的他。然而卻是遲了，靜刃快流光一步穿越了虛空屏障，可他卻有恃無恐的停下了逃難的腳步，旋身面對那抹如流星般轉瞬即至的白金色流光。

「呵呵，抱歉了，君兒我要帶走了。想要救她，就讓我那位雙生兄弟，以及守護君兒的那位『凶神霸鬼』親自來神眷精靈族一趟吧。」

靜刃對著逐漸凝聚成人影的流光微微躬身，然後紫金光翼一展，飛回了神眷精靈族的領地。

流光凝聚出了一位身形修長的男性身影。一頭有些凌亂似是不常打理的白色短髮，一副充滿復古式的眼鏡略微遮掩住了金燦眼眸的殺氣凜冽，男子有著一張斯文又冷漠的臉龐，身上穿著著舊西元時期研究人員會穿著的白色長袍，左手捧一本閃動著星星光輝的奇異金書。

男子目送著靜刃離去，然後重重的一拳擊了出去！

虛空屏障被這一拳震出了劇烈的漣漪，彩虹色的光膜在瞬間不穩定了起來，引起了附近監測虛空屏障人類艦隊的注意。

「——這該死的宇宙、該死的命運！羅剎、噬魂，你們在幹什麼？！為什麼會讓辰星的靈魂被一個半神精靈奪走！」

男子怒吼出聲，隨後轉身化作白金色的流光，直往奇蹟星飛竄而回。

＊＊＊

塔萊妮雅與她帶來的人員正一臉凝重的檢查君兒的生命徵象，另一隊人馬已經聯繫了城內的救治隊，將渾身染滿劇毒血液的卡爾斯送了過去。

「不行……」負責救治君兒的醫護人員滿頭大汗的止住了自己施展救援能力的動作，他一臉愧色的看向塔萊妮雅，說出了令人絕望的事實：「這個女孩救不回來了……」

「不可能不可能不可能！」緋凰尖叫出聲，直接衝上前扯住了那位醫療人員的衣領，泛著血絲的眼眸狠狠瞪著他，「給我繼續救，把君兒給我救回來！」

「我已經努力兩個小時了啊，真的沒辦法了，我已經沒有星力可以施展治療天賦了。」醫療人員一臉疲色的回道。

「夠了緋凰。」阿薩特制止了緋凰因為聽見醫療人員話語就想揍人的拳，將傷心欲絕的妹妹抱進了懷裡。「我們都盡力了……」

塔萊妮雅也是一臉蒼白，她的目光落在那被安置在擔架上，卻已無聲息的少女臉上。

君兒本來空洞的眼已被闔上，那安詳的彷如熟睡的容顏，實在讓人不敢相信此時的她，在醫學上是已經被判定「死亡」的死者。

塔萊妮雅注意到了君兒左手無名指上的那枚戒指，只覺得很是悲傷。

在知道君兒的身分以後，她終於明白自己為什麼永遠不可能成為戰天穹愛慕對象的理由。那名男子身上背負著極其沉重的罪，以及那會腐蝕人心的血，沒有人能夠碰觸他、也沒有誰可以擁抱他，那是一份名喚「噬魂」的詛咒……或許身為魔女的君兒擁有抵抗那份詛咒的能力，所以才能成為他慕戀與重視的對象。

塔萊妮雅知道蘇媚一直在尋找魔女，卻不知道她私底下竟然利用無數女孩做實驗的黑幕。雖然說自己是蘇媚的得力助手，但恐怕不過也只是她手中的一枚好用的棋子而已。

塔萊妮雅一直以來就很欣賞緋凰與蘭，這並不光是因為她們很努力上進，同樣也是因為她們擁有共同的血脈聯繫……塔萊妮雅也懷有皇甫世家的天賦血脈，她曾是極早期逃離皇甫世家的大小姐！也因為自己的關係，所以緋凰和蘭才能安心的待在組織中，沒想到有朝一日，她們的血脈卻成了她們被組織利用的關鍵。

這不由得讓塔萊妮雅對自己工作幾十年的九天醉媚失去了信心。

「小緋，我很抱歉……妲己大人的直屬暗部擁有比我更高的權力，這也是我沒辦法在第一時間知道她們計畫的主因……」

「道歉有什麼用？道歉能讓君兒復活嗎？」緋凰語氣惡劣的回道，不願再相信塔萊妮雅。先前的事件已經將她對九天醉媚組織以及塔萊妮雅的信任破壞殆盡，讓她怎樣也無法相信眼前那曾經非常照顧自己的人。

可就在此時，君兒身旁不遠處突然出現一道空間縫隙，讓所有站立於君兒身旁的人不由得如臨大敵。

莫非是那位精靈王又回來了？！

一名白髮戴著眼鏡的斯文男子緊接在後的走了出來，讓眾人面露驚愕。

隨著男子的出現，一種難言的顫慄感讓所有在場眾人清晰的感覺得到。那是一種與生俱來的壓迫感，強烈且狂妄。

男子眼中的冰冷直到看見了躺於擔架上的君兒以後微微消融。

「辰星……」男子快步來到君兒身旁，動作小心的觸摸君兒有些冰涼的臉龐，然後在眾人面前掀開了君兒衣襬。

看著這一幕，緋凰又氣又惱的怒吼出聲：「你這變態！你想對君兒幹嘛？！」

男子沒理會緋凰的吼叫，反倒是抱著緋凰的阿薩特制止了她，不讓她繼續出聲觸怒眼前這名身分成謎卻又實力強悍的男子。

「果然，椿紋被破壞了。」男子眼神凝重的看著君兒不再擁有圖騰的腹部，然後重新將衣襬蓋了回去，彎身作勢要將君兒抱起。

「你是誰？你要把君兒帶去哪？」塔萊妮雅在這個時候挺身而出，她儘管緊張，也明白男子似乎對君兒的事情有所了解，但眼下不是讓這位陌生人帶離君兒的時候。

男子還是將君兒抱了起來，他看了一眼塔萊妮雅，扯出一抹略帶嘲諷的笑容。

「我是誰？我是……」男子頓了頓，說道：「我是這女孩的親生父親，我叫巫賢。」

所有人都因為男子的解釋而為之傻愣。

這時，緋凰才注意到了陌生男子與君兒容貌上確實有幾分相似。

「君兒的……父親？」緋凰忽然冷笑出聲，然後對著自稱君兒父親的男子怒罵出聲：「你騙人！君兒明明沒有父母的，她從小就是孤兒，被一位老人家一手帶大，如果你真是她的父親，為什麼要讓她經歷那麼多痛苦，要讓她面對那麼多事情，又為什麼——在她最需要你的時候，你卻沒有出現……你來得太晚了！君兒她已經——」

男子沒有答話，而是抱著君兒一腳跨進了空間縫隙之中，身影瞬間消失在空氣之中。

緋凰自阿薩特的懷中掙脫出去，就想制止男子將君兒帶離，卻是撲了個空。

「君兒——！」緋凰痛哭失聲。

那個總是堅定前行的少女，那個一直努力成長、為了主宰自己命運的君兒，那身處危險也想要試圖救援她們的好友——卻在她們眼前永遠闔上了眼。

那樣無能為力的傷痛，怕是會在她們心中永遠留下一道深深的傷痕了。

Chapter 145

最悲傷的錯過

君兒出意外的那瞬間，羅剎也感知到了。只是此時他的意識正全權專注在壓制那力量暴亂的魔陣噬魂，根本分身乏術。

「霸鬼你快醒來！君兒出事了！」羅剎焦急的吶喊出聲，同時手邊打出更多的符文，壓制那突破至最外層防護的魔陣力量。

那猩紅色腐蝕一切的霧氣，已經開始從防護法陣裡頭滲出來了！

「霸鬼——！」

羅剎模糊又急促的喊聲透過層層法陣，依稀傳進了身處魔陣中心的戰天穹耳中。

他在一進入魔陣噬魂中心以後，便成了那失去噬魂意識、只剩下本能的遺跡主要攻擊的目標。那能腐朽萬物的紅霧，竟能連他強如巨龍也無法傷害的身體都能夠腐蝕！

只是由於他同樣吞噬了半座遺跡，他的血液也讓魔陣的紅霧產生了幾番猶豫。對於他是否為同類的猶豫。

趁著魔陣的本能產生質疑的瞬間，戰天穹直接衝到了魔陣那剩餘半座的螺旋羊角遺跡下方，將自己被噬魂侵蝕半身的左手蓋了上去，開始運用融合噬魂以後掌握的力量，試圖將這半座遺跡也一同納入自己的身體裡面。

但魔陣殘存的本能比噬魂的意識更加狂暴，幾千年以來缺失本體意識，讓魔陣的本能也跟著誕生了一抹新生且暴戾的意識——那份意識竟能與戰天穹的意識互相抗衡，也是讓戰天穹始終無法順利將半座魔陣吞噬的主要原因！

而當羅剎那聲吶喊傳來，讓戰天穹本來專心應對魔陣本能的意識忽然一顫，在閃神的瞬間，魔陣本能跟著趁虛而入！

魔陣竟然打算反過來將他吞噬！

戰天穹心焦於君兒的情況，一時間竟在這場爭鬥中落了下風。

魔陣的紅霧刻意幻化出了戰天穹內心最沉重的那處所在，那些曾經慘死於他手下之人的容貌，他們哀號出聲，表達著對戰天穹的恨。

而在其中，戰天穹看見那了幾張讓他最痛、最不願面對的臉龐……

戰天穹有些失控的悲吼出聲，甚至還拿出了自己的成名武器，瘋狂的就想將那些紅霧中的臉龐破壞掉。儘管能夠接受自己黑暗的面目，但他仍舊無法面對自己曾經殺死的那些人！

然而，那份隱藏於內心最深的執念轉瞬甦醒，為戰天穹提供了抗衡紅霧幻象的反擊之力。

那份由內心深處升起，為保護某人而堅強的信念，為那份溫暖而勇敢的執著，為了愛人，寧願擔負世間最重罪孽的心情，剎那充塞心中，喚醒了無與倫比的力量。

戰天穹張口咆哮出聲，惹來魔陣的震怒咆吼。

此時戰天穹的身影早已和紅霧混作了一塊，分不清他究竟是人，還是霧的一部分，只剩下兩縷意識彼此吞噬——

對外頭的羅剎而言，時間僅僅只過了一瞬，但對於身處魔陣中心的戰天穹，卻彷若經歷千年。

他不知道自己破壞了魔陣的意識幾次、自己又被對方重創了幾回，但想要保護君兒的心、那份對君兒的情意始終支撐著他，讓他不至於成為魔陣的養分，而能與之抗衡。

最後，紅霧中緩慢的出現一抹鐵灰色的人影，紅霧一點一滴的融進人影體內，魔陣因為自身力量開始被吞噬而發出了絕望的哀號聲。

『你不過只是我力量的一部分，回歸本體吧。』一陣嘶啞難聽的男性嗓音冷冷的傳了出來，惹得魔陣不停發出尖利的嚎叫。

戰天穹幾乎已是麻木，他機械式的任由紅霧入體。

就在他身後，與他擁有相同樣貌的虛影淡淡的笑了笑——那是許久未見的噬魂。

『為愛而堅強吧，我的本體啊……這一世，我們一起保護我們摯愛……君兒她，還活著。』噬魂有些留念的看著戰天穹一眼，然後化作紅霧的一部分，融進了戰天穹體內。

噬魂最後的提醒，讓戰天穹本來有些渙散的眸光亮了起來。

「君兒……」他需要醒來，然後趕回君兒身邊！

防護法陣外頭的羅剎在這時嘔出了一口金色的鮮血，不、或許不該稱作血液，他嘔出的是金色的符文，那被吐出的符文轉瞬潰散，羅剎的臉色也跟著染上了死灰。

「傷到核心了啊……」羅剎自嘲一笑，卻是早有預料。

戰天穹再加上靈魂碎片噬魂，以及那被巫賢刻意賦予的吞噬本能，三種條件聚集在一塊便成了一份難以控制的可怕力量。

羅剎再一次的施展符文，將瀰漫出來的紅霧壓制回去。而就在此時，紅霧猛地一縮，竟是瘋狂的往魔陣中心退了進去！

「咦？」羅剎一愣，停止了手邊動作。

本來不停向外擴散的紅霧，中心出現了一道漩渦，似乎有什麼在吸收這片紅霧似的。看著這一幕，羅剎稍稍鬆了一口氣，臉上的緊繃終於舒緩了開來。

「應該是……成功了──唔？」

羅剎眼瞳一縮，朝某個方向看了過去，面露驚恐。

一道突來的狂猛力量直接撞上了他，讓羅剎直接撞上了封印魔陣噬魂的防禦法陣，嘴裡又咳出了不少維持他核心運作的重要金色符文。

「羅剎，你還在這裡幹什麼？！辰星的靈魂都被奪走了！為什麼沒有待在她身邊保護她？！」

男人震怒的吼聲，自一道突然出現的空間縫隙中傳了出來。

羅剎又驚又喜又是愧疚的看著自空間縫隙中走出的白髮男子，喃喃喚道：「父親大人……您醒來了？」

男子冷酷的掃了他一眼，抬指推了推臉上的眼鏡，目光落在羅剎身後、紅霧聚集的所在之處，在浮現驚訝情緒以後，染上了一絲怒氣：「噬魂那廢物果然就是個廢物，用與辰星緊密相聯的靈魂碎片製作出來的瑕疵品，一點用處都沒有！」

男子──巫賢似乎因為君兒出事，而羅剎與噬魂沒能保護好君兒，便將這份怒氣宣洩到了他們兩人的身上。

「父親大人，噬魂他已經找回靈魂本體了，擁有完整靈魂的他一定可以保護得了君兒的！請給他時間取回完整的力量！」羅剎擺出了護衛魔陣的姿態，卻是渾身顫抖，心中忐忑。

面對這位將他製造出來的強悍男人，饒是羅剎也不敢不慎重以對。

男子冷笑出聲：「時間？哼，辰星的靈魂都被奪走了，那位精靈王將辰星帶離了我的『星神世界』之外，這將會引來什麼樣的變化你不知道嗎？！」

「什麼？！」羅剎一愣，「父親大人您說的精靈王莫非是……靜刃？不可能！他怎麼可能進入虛空屏障？」

「他成為半神了。」巫賢冷漠開口，森冷的目光不離魔陣。

羅剎露出了絕望又哀傷的情緒，「怎麼會這樣……君兒被帶出父親的星神世界，這樣會提前引來『星辰淚火』的，明明時間已經不夠君兒成長了，為什麼又會發生這種事？」

巫賢看著羅剎流露哀傷的情緒以及嘴角不停滑落的金色符文，眼裡的凜冽稍稍和緩了些許。他翻開了手中的神秘金書，無數絢爛的符文飛竄而出，直接將羅剎綑了個扎實。

「父親大人！」羅剎發出焦急的驚呼聲，「請不要傷害霸鬼、呃、我說噬魂。」

巫賢不理羅剎，而是操控符文替羅剎治療起了本源傷勢。

察覺到綑綁著自己的符文流來了讓他感覺舒適的力量，羅剎這才明白自己誤解了巫賢將他束縛住的用意。

「……你受了很重的傷。」

巫賢皺了皺眉，面色不悅的看著金書上浮現的一枚天藍色圖騰——那是屬於羅剎的圖騰。圖騰內部的線條有些毀壞，雖然不足以妨礙神陣的運行，卻無法讓羅剎完整的將神陣的力量發揮而出。有些是成年舊傷、有些則是方受創不久……他想起先前羅剎嘴角邊的破損金符，眼神染上幾分隱晦的憤怒。

隨後巫賢操控著符文，將羅剎扔到了一旁，自己則落到了封閉魔陣的法陣上方。就在羅剎震驚的目光下，直接操控符文輕鬆破解了羅剎設下的封印法陣！

然而紅霧沒有再次溢出，但本來被封印在法陣裡頭的腥惡氣息卻傳了出來。

巫賢冷冷一笑，「很好，噬魂雖然沒用，卻也收集了不少力量。」

他平抬一手，就想要吸收那猶如漩渦一般轉動的紅霧將之納為自己的力量。

然而，紅霧卻在即將被巫賢吸收時，卻又被另一股力量強硬的扯了回去。

巫賢輕挑劍眉，目光也跟著變得冰冷。

「你只是一個失敗的造物，我之所以將你製造出來，不過是要你替我或辰星收集力量而已——

這些力量並不屬於你，給我交出來！」

魔陣中心的戰天穹感知到了巫賢的到來以及他的舉動，沒有應答，而是加強了吸收力量的速度，就是不要讓巫賢有機會從他這裡分去一絲力量！

噬魂對巫賢的恨意深刻的影響著他。

前世，巫賢將當時仍是墜飾的噬魂改造成了殺死牧辰星的凶器，那份無能反抗的絕望、那親自奪去愛人性命的傷痛，至今仍深刻的烙在靈魂裡頭。

良久之後，巫賢扯了扯嘴角，縮回手之餘不忘推了推鏡框，眼神冰冷的看著那逐漸變小的紅霧漩渦。

戰天穹那雙同樣冷酷且帶著恨意的赤眸正死死盯著他。

巫賢回以傲慢又鄙視的眼神。

最後一縷紅霧終於被戰天穹吸收完畢，本來魔陣噬魂的所在則變得空無一物。他臉龐上的鐵灰退去，只留下了魔陣遺跡上刻著的紅印。

「……就算成為完整的靈魂，不過也只是我製造出來的瑕疵品而已。」巫賢挑釁出聲：「這樣的你，永遠沒有資格得到辰星的愛——因為，我、不、允、許！」

「瑕疵品」一詞，是噬魂最深的痛。戰天穹瞬間便被激怒。

他抬手，本來被吸收入體的紅霧瞬間出現，凝聚成了一把刻著惡鬼標誌的長柄戰斧，一道紅芒閃過，竟是直接朝巫賢攻了過去！

巫賢面色不改，手中金書自動翻動，一縷金輝閃過，在眼前形成一道光膜擋下了戰天穹的攻擊，但儘管他沒有受到任何損傷，戰天穹斧下的攻擊力道還是直接斬裂大地，引來了一場劇烈的地震。

巫賢眼角一抽，金書再翻，大地上的裂痕被奇異的力量修復了起來。

戰天穹神情震怒的就想再次斬下第二斧，這時羅剎的勸喊聲傳了過來——

「請住手——現在不是我們自己人內鬥的時候！父親大人，君兒的情況如何了？霸鬼你冷靜一點，要找父親大人算帳也等君兒的事情結束以後再說！」

聞言，巫賢與戰天穹兩人瞬間各退了幾步，遠遠的互相瞪視對峙。

巫賢這時才終於正眼打量起了戰天穹，卻是一臉不爽。「辰星就跟我妹妹一樣，而她轉生之後更是我和煙兒一塊生下的女兒，如果你想愛她……就請先得到我這位父親的允許吧。上一世我沒能給辰星她期盼的愛情，這一生，至少我要為她選擇一位最適合她的男子……」

「……君兒怎麼了？」戰天穹冷冷問道，但卻因感覺不到與君兒的精神聯繫，心沉到了谷底。

巫賢看也不看戰天穹，彈指間解除了羅剎身上的束縛符文，喊道：「羅剎，走了，辰星的身體，我安置在你的神陣中心。」

君兒的……身體？戰天穹狐疑的眼神看向羅剎。他先前因為專注於吸收魔陣的力量，因而沒有聽清楚巫賢在法陣外頭怒吼的內容。

羅剎輕嘆了口氣，哀傷又無奈的看了戰天穹一眼。「君兒的靈魂被靜刃奪走了。」

戰天穹一愣，神情遽然冷下，卻是再次用斧頭指著巫賢，質問出聲：「巫賢你不是比我們更早醒來嗎？你為什麼沒有保護好君兒？」

面對戰天穹這聲質問，巫賢不但沒有反脣譏諷，反而用一種惱火與複雜的眼神瞪了他一眼，然後回道：「我不能離開我的星神世界，那會使整個世界的格局崩壞。」

知道戰天穹不解，巫賢隨後解釋道：「哦，話說你不知道這件事，當時的噬魂早就陷入沉睡，並不知道我將這整個世界、或該說整個星系都融煉進了我的星神世界裡，因為這才能提供辰星一個最適當且最安全的成長環境，我設下了虛空屏障在我的星神世界外圍，阻擋宇宙執法者的入侵。」

巫賢傲慢一笑：「但同時……也對實力突破至星神級的人產生了限制。我想星神級的你應該能夠感覺到這整個世界對你的天生壓制吧？那是因為這裡是我的世界……你雖然進入星神級，卻無法讓你的星域領域真正進化成星神世界，是因為這裡的宇宙法則被我完全壓制，可以說我就是這裡的神——沒有得到我的允許，你，永遠無法擁有真正星神級的實力！」

「噬魂，我一直以來就不喜歡你，明明只是個殘破的靈魂，竟然還妄圖擁有人類一般的愛情，還妄想要辰星回應你的情感，那真是天大的諷刺！當時取得你的靈魂碎片，只是為了要讓你成長起來，進化成能夠牽制辰星成為終焉魔女的武器，但誰允許你擁有情感了？誰准你喜歡上她了？誰准你給她那縹緲虛無的希望了？！」

戰天穹試著透過深呼吸壓下內心的憤怒，冷漠的回應巫賢：「但這一世我和君兒是相愛的。」

巫賢神情一僵，卻是氣惱的拂袖而去。

「我不會允許的。」他轉瞬消失在空間之中。

羅剎這時來到戰天穹身旁，無奈的替自己的製作者說話：「霸鬼，請你原諒父親大人對你的敵意，畢竟他對於辰星也有很大的歉意……」

「只要我和君兒真心相愛，就算是君兒的父親，也沒資格阻擋我們的愛情！」戰天穹冷酷的丟下一句話，然後也撕開空間準備要趕回滄瀾學院。

羅剎感到懊惱，但至少這兩人算是休戰了……

＊＊＊

三人前後回到了滄瀾學院，那位於神陣高塔底層地下室的核心所在。

戰天穹看見飄浮在神陣核心的少女，臉上的冰冷消融。他幾乎是渾身顫抖的，跨步走進了神陣核心，近距離的看著君兒安詳的睡容，神情痛苦。

「君兒，對不起，我回來晚了……」他不顧巫賢的瞪視，將君兒緊緊擁進了懷裡。沒有哭吼、沒有淚流，戰天穹的沉默更令人感覺心傷。

巫賢雖然不悅，卻沒有多加制止，而是提起了另一件事：「辰星還沒死，她的靈魂被那位精靈王奪走，但我感覺不到任何的危機感受，對方究竟存有什麼樣的目的、意欲為何，或許得由噬魂你親自走一遭才能明白了。」

巫賢面露氣惱，還輕哼了聲：「若不是我和羅剎不能離開我的世界，還輪不到你去拯救辰星的靈魂！」

這時，羅剎皺了皺眉，自言自語的問道：「為什麼戰龍和靈風他們都不在？我感覺不到他們的氣息……父親大人，我去打聽一下消息。您要不要去『永夜之境』見見母親大人？」

巫賢推了推眼鏡，卻是嘆息：「我拿什麼臉去見？」他似乎因為君兒的事情，自認沒有資格去見他別離許久的妻子。

羅剎沒有再多說什麼，轉身離開，前去尋找他的得意秘書追問近況。

Chapter 146

大戰將啓

因為羅剎的聯繫，眾人終於在幾日後群聚在神陣的核心所在。

大夥看著那飄浮在神陣核心的黑髮少女，面色慘淡悲悽。

「……是嗎？靜刃他要我和鬼大人親自去神眷精靈族一趟？」聽著緋凰轉達的內容，靈風笑容悲傷的說道。

此時的他，擁有了來自於未來的自己所賦予的力量，本來凌亂的短髮拉長到了腰背，模樣更成熟了幾分，只是就算他得到了力量，他終究還是沒能夠保護得了他想要保護的人。

緋凰一臉哀傷，阿薩特則站在她身旁給予她安慰。

蘭和紫羽不在場，僅因卡爾斯有性命危及之憂，紫羽雖然也擔心君兒，卻同樣擔心隨時都有可能死去的卡爾斯。蘭擔心紫羽，便也陪在她身邊，唯恐若是卡爾斯出事，紫羽會想跟著尋死。

在君兒的所在之處傳來了隱隱哭聲，那是魔女牧非煙的哭聲。

當她和靈風一同完成了任務，靈風取得了來自於未來的力量，而她也順利將精靈母樹的傷勢治療完畢，總算履行了與精靈王的約定，卻聽聞了君兒的靈魂被奪走的消息，讓她只能悲傷的靠在君兒的身體旁痛哭。

她親愛的女兒，根本都還沒能給她更多，沒能陪她好好生活過，就這樣沉睡了呀！

巫賢沉默的陪在牧非煙身旁，不發一語，神情卻同樣有著哀傷。

戰天穹靜立於巫賢兩夫妻的另一側，望著君兒的眼神只有淺淺的溫柔。戰龍則在一旁擔憂的望著自己的養父，深怕他這樣的淺笑溫柔是某種絕望舉動的開端。

「如果不是『魅神妲己』的話，君兒就不會被那位精靈王奪走靈魂了。」緋凰哽咽著聲音，語出仇怨。

提起那人的稱號，戰龍的神情不由得浮現惱火。「X的，龍族戰場會出現意外，一定也是『魅神妲己』那妖女放出來的假消息！如果我沒有離開，君兒絕對不會……」像現在一樣只剩下一具空殼了吧？

「我想，我得詳細了解一下事情之所以會發生的理由。」巫賢冷酷發言，金眸在所有在場眾人的臉上掃過了一遍。

巫賢的氣勢讓在場實力較弱的緋凰和阿薩特不禁緊繃心神。

最後，由羅剎將自己從緋凰和其他人口中得到的消息，向巫賢傳達而出。

「嗯……看樣子，一切的根源都來自於那位『魅神妲己』吧？說到這，我方甦醒時，在我的遺跡附近抓到了一個跟你們描述很是雷同的女子。」

巫賢隨手劃開了一道空間縫隙，將被自己困在裡頭，近乎要被遺忘的蘇媚放了出來。

蘇媚不同過去的優雅，此時的她渾身狼狽的自空間縫隙裡摔了出來，讓所有人都錯愕至極的瞪大了眼，沒料到蘇媚竟然會在此時出現。

蘇媚在注意到自己得到自由時，第一時間就想逃走，戰天穹赤眸一凜，不再壓抑自己，狂猛可怕的殺氣直接將蘇媚壓得失去了反抗之心。

「不要傷害我……」蘇媚裝出了一副楚楚可憐的模樣，卻無法得到其他人的同情與心疼。

「哼，模擬魔女之力嗎？這份虛假的力量我要收回來了。」

巫賢冷哼一聲，手中金書翻動，在瞬間便將蘇媚成就星域級的力量奪了去，讓蘇媚發出了驚天動地的尖叫聲。

「不！我的力量！把我的力量還給我！」她驚恐的看著巫賢，不解自己的力量為何瞬間就被奪去——眼前的白髮男子到底是誰？！

羅剎輕笑出聲，語出嘲諷的開口說道：「蘇媚，妳不是一直很崇拜研究魔女之力的那位科學家嗎？現在對方就在妳眼前，妳怎麼會這麼失態呢？」

蘇媚一愣，美眸瞪大，驚愕的看著眼前那一臉冰冷的白髮男子。

「不、不可能……那遺跡存在的時間超過人類抵達新界的歷史，那位科學家怎麼可能還活著？」

緋凰憤恨的看著此時已然失去力量，猶如普通人一般的蘇媚，一心只想替君兒報仇血恨。

「龍，把她扔出去，讓九天醉媚的人將她領回去。」戰天穹開口了，卻是要求放走蘇媚。

「——鬼大人！她是害死君兒的人，為什麼你還要放走她？！不是應該要將她殺死，以報君兒的仇恨嗎？」緋凰一怔，不可置信的放聲大喊道。

戰天穹冷漠的掃了緋凰一眼，眼裡竟是一片令人膽寒的死寂。

「我不想為了一個垃圾弄髒這裡。龍，把她扔出去，我不想再說第二次。精靈戰區還需要蘇媚這位守護神，就算她沒有力量，但她背後的組織還有用途。但我希望所有姓蘇的人，消失在這個世界上。」

戰龍猙獰一笑，一拍胸膛，「放心，老爹！」

「不，你們不能那麼做！戰天穹，你不可以動我的家族！你就算放過我，我也會向你報復的！」蘇媚憎恨發言。

巫賢在此時冷瞪了蘇媚一眼，然後看向在眾人之中似乎是領頭角色的戰天穹，詢問出聲：「留這女人對你們有用？」

戰天穹回以冷漠的注視，答道：「是對這個世界有用。她職掌的組織在人類世界頗具影響力，很多新科技也是仰賴她的組織進行研發。」

他簡略的講述了蘇媚對這個世界的「用處」，讓巫賢緩下了眼中殺意。

雖然巫賢很是不爽這位直接導致女兒被精靈王靜刃奪去靈魂的女子，但礙於未來他們將要面對更強大的敵人，人類若能多留一分戰力是一分。

「妳很嚮往力量？嚮往到模擬魔女的力量寄存於體？」巫賢面露森冷笑容，對著蘇媚語出蠱惑，「我不管妳是透過何種方式實現以星力模仿魔女之力的行為，但那是屬於我私有的紀錄與研究內容，可如果妳能好好替這個世界奉獻一番心力，等這次戰爭過去，我可以實現妳的願望——讓妳擁有真正的魔女之力。」

在場眾人聞言，無不因為巫賢的話語而皺起眉來。有人想要出言制止，卻被羅剎一個警告的瞪視而止住了發言，靜觀事情變化。

「真的？」蘇媚面露狐疑，顯然不怎麼相信巫賢的發言。

巫賢冷冷一笑，而這時，牧非煙一臉冷然的走了過來，握住了巫賢朝她伸來的掌心。兩人沒有言語，卻從彼此的目光交會中明白了對方的意思。

牧非煙隨即解放了她的魔女之力，蘇媚看著牧非煙身後那對燦爛的蝶翼，眼神遽然一亮，她很熟悉那份力量的波動——那是魔女的力量！

蘇媚絲毫不掩飾自己渴求力量的狂熱眼神，嬌媚的笑道：「好，我答應你！」

她見戰天穹、戰龍與羅剎在場，卻無一人制止巫賢對她開口說出這樣的交易，多少了解巫賢在這些人眼中的地位以及默許之意，暗中冷笑，自以為自己逃過了一劫。

蘇媚恨恨的瞪了戰天穹一眼，決定要在戰族動手前趕回組織，將蘇族成員全部轉移。

隨後，在戰天穹的指示下，戰龍撕開空間將蘇媚送到了學院裡九天醉媚的成員塔萊妮雅的身旁，由她協助蘇媚去處理後續事情。

「……你真的要給蘇媚魔女之力？」戰天穹眼神冷淡的看著巫賢，卻不認為巫賢真打算那麼做。

巫賢推了推眼鏡，神情嘲諷的說道：「給又如何？不給又如何？反正她總是要死的，只是哪種死法而已。」

靈風在此時插話了，神情正經。

「既然蘇媚的事情處理完畢，我想我們得來談談前進神眷精靈一族的事情了。我不知道靜刃奪去君兒靈魂的用意，但我想這多少蘊藏著他代替神眷精靈一族正式向我們宣戰的訊號……這點從他邀請我和鬼大人前往神眷精靈族就可以看得出來了。他一直有一個連我都看不到的弘遠願望，而那份願望可能與魔女息息相關。我將會指揮我們所有永夜精靈，乘上新開發的戰艦，前進神眷精靈一族與之一戰。」

這時，巫賢手上的金書不由自主的翻動了起來，停在了某一頁，這讓巫賢劍眉緊鎖，細細閱讀起了金書的書頁。

良久後，巫賢彈指將書頁裡的內容以虛擬螢幕的形式，投放而出。

神陣核心的寬敞空間被一處幾可亂真的宇宙空間所取代。

「不妙了……辰星現在是十九歲嗎？」巫賢突然問了一句。

戰天穹皺了皺眉，回道：「應該還差半個月左右的時間就是她的十九歲生日。」

「『星辰淚火』……果然提前降臨了。」

隨著巫賢的話語方落，那片投影而出的宇宙空間頂端，遽然出現了無數如眼淚劃破星空的絕美景象——

點點如淚的流星墜落，而那流星的目的地——便是新界！

「我們只剩下半年時間，得趕在這之前，將君兒的靈魂奪回來！」巫賢神情嚴肅的說出了一個十分緊促的時間，直讓在場眾人皆是凝重了神色。

靈風握緊了拳頭，遙望那片投影而出的美景。

——靜刃，你等我！

「等『星辰淚火』降臨時，我的虛空屏障將會被瞬間破壞掉，到那時候，宇宙執法者、也就是你們說的龍族，相信也會在同一時間展開進攻。」巫賢沉重說道。

「這點你不用擔心，人類比你想像的還要強大。」

戰天穹冷冷的丟下一句話，招呼了靈風，準備要著手安排前進碎石帶——神眷精靈一族的所在之處的任務。

儘管他很想利用自己新生的力量趕到君兒身旁，但……當時的他卻被巫賢制止了。僅因他必須在對的時間，跟著對的人前往對的地點，若天時、地利、人和各缺一，很有可能會發生一些無法預料的事情——這些都是巫賢透過他的那本神奇金書推算出來的「預言」！

雖然他不喜巫賢這人，但噬魂的記憶裡存在著對巫賢洞悉事情與他神奇力量的敬畏，所以戰天穹選擇了相信巫賢，壓制住了自己渴望即早救回君兒的心情。

「開始著手準備吧——戰爭，就要開始了！」

敬請期待更精彩的《星神魔女08》

《星神魔女07》完

小媽之冠蓋滿京華
葉坊
夢空——著
IKU——繪
六個
俊美無儔
風華絕代的
兒子
加
高齡二十二歲!?
天然呆
狐狸精
小媽
有兒子的娘親像珍寶!
有金子撒。
有兒子疼。
有美食吃。
有孫子抱。
媽媽乖~
我們會一輩子
守著妳!(?)
9/4 誰都不准先告白的 同居生活閃亮登場!
典藏閣
不思議工作室_
立即搜尋
采舍國際
www.silkbook.com
華文聯合出版平台 www.book4u.com.tw
版權所有©
Copyright 2013

飛小說系列063

星神魔女07
碎裂*友情的傷痕

出版者■典藏閣
作　者■魔女星火　繪　者■多玖實
總編輯■歐綾纖
製作團隊■不思議工作室

郵撥帳號■50017206 采舍國際有限公司（郵撥購買，請另付一成郵資）
台灣出版中心■新北市中和區中山路2段366巷10號10樓
電　話■(02)2248-7896　傳　真■(02)2248-7758
物流中心■新北市中和區中山路2段366巷10號3樓
電　話■(02)8245-8786　傳　真■(02)8245-8718
ISBN■978-986-271-375-4
出版日期■2013年8月

全球華文國際市場總代理／采舍國際
地　址■新北市中和區中山路2段366巷10號3樓
電　話■(02)8245-8786　傳　真■(02)8245-8718

新絲路網路書店
地　址■新北市中和區中山路2段366巷10號10樓
網　址■www.silkbook.com
電　話■(02)8245-9896
傳　真■(02)8245-8819

☞您在什麼地方購買本書？☜

1. 便利商店（＿＿＿＿市／縣）：☐7-11　☐全家　☐萊爾富　☐其他＿＿＿＿＿＿

2. 網路書店：☐新絲路　☐博客來　☐金石堂　☐其他＿＿＿＿＿＿

3. 書店（＿＿＿＿市／縣）：☐金石堂　☐誠品　☐安利美特animate　☐其他＿＿＿＿

姓名：＿＿＿＿＿地址：＿＿＿＿＿＿＿＿＿＿＿＿＿＿＿＿＿＿＿＿

聯絡電話：＿＿＿＿＿＿＿＿　電子郵箱：＿＿＿＿＿＿＿＿＿＿＿＿＿＿

您的性別：☐男　☐女　　您的生日：西元＿＿＿＿＿年＿＿＿＿＿月＿＿＿＿＿日

（請務必填妥基本資料，以利贈品寄送）

您的職業：☐上班族　☐學生　☐服務業　☐軍警公教　☐資訊業　☐娛樂相關產業

☐自由業　☐其他＿＿＿＿＿＿

您的學歷：☐高中（含高中以下）　☐專科、大學　☐研究所以上

☞購買前☜

您從何處得知本書：☐逛書店　☐網路廣告（網站：＿＿＿＿＿＿＿）　☐親友介紹

（可複選）　☐出版書訊　☐銷售人員推薦　☐其他＿＿＿＿＿＿＿＿＿

本書吸引您的原因：☐書名很好　☐封面精美　☐書腰文字　☐封底文字　☐欣賞作家

（可複選）　☐喜歡畫家　☐價格合理　☐題材有趣　☐廣告印象深刻

☐其他＿＿＿＿＿＿＿＿＿

☞購買後☜

您滿意的部份：☐書名　☐封面　☐故事內容　☐版面編排　☐價格　☐贈品

（可複選）　☐其他

不滿意的部份：☐書名　☐封面　☐故事內容　☐版面編排　☐價格　☐贈品

（可複選）　☐其他

您對本書以及典藏閣的建議＿＿＿＿＿＿＿＿＿＿＿＿＿＿＿＿＿＿＿＿＿＿＿＿

＿＿＿＿＿＿＿＿＿＿＿＿＿＿＿＿＿＿＿＿＿＿＿＿＿＿＿＿＿＿＿＿＿＿

＿＿＿＿＿＿＿＿＿＿＿＿＿＿＿＿＿＿＿＿＿＿＿＿＿＿＿＿＿＿＿＿＿＿

✌未來您是否願意收到相關書訊？☐是　☐否

感謝您寶貴的意見

印刷品

$3.5
請貼
3.5元
郵票

235 新北市中和區中山路二段366巷10號10樓

華文網出版集團 收

（典藏閣－不思議工作室）